乡土·系列

江湖多风雨，故里总有灯。

故里有灯

乡土·系列

姚永涛——著

哈尔滨出版社
HARBIN PUBLISHING HOUSE

图书在版编目（CIP）数据

故里有灯 / 姚永涛著 . — 哈尔滨：哈尔滨出版社，2021.9
ISBN 978-7-5484-6216-3

Ⅰ . ①故… Ⅱ . ①姚… Ⅲ . ①散文集 – 中国 – 当代 Ⅳ . ① I267

中国版本图书馆 CIP 数据核字（2021）第 148916 号

书　　名：故里有灯
GULI YOU DENG

作　　者：姚永涛　著
责任编辑：赵宏佳　李维娜
责任审校：李　战
特约编辑：翟玉梅
装帧设计：秦　强

出版发行：哈尔滨出版社（Harbin Publishing House）
社　　址：哈尔滨市香坊区泰山路 82-9 号　**邮编：**150090
经　　销：全国新华书店
印　　刷：三河市华晨印务有限公司
网　　址：www.hrbcbs.com　www.mifengniao.com
E-mail：hrbcbs@yeah.net
编辑版权热线：（0451）87900271　87900272
销售热线：（0451）87900202　87900203

开　　本：880mm × 1230mm　1/32　**印张：**6.75　**字数：**130 千字
版　　次：2021 年 9 月第 1 版
印　　次：2021 年 9 月第 1 次印刷
书　　号：ISBN 978-7-5484-6216-3
定　　价：59.80 元

自序

我常常觉得，故乡像是一盏灯，细小如同萤火，在大山深处，不停地闪烁着。不管你走多远，不管你在什么地方，都能看到那点点荧光，虽然微弱，但在黑夜里，却显得那么清晰。

2015 年，我回到家乡白河，不知不觉，已经五年了。这五年，我在家乡的一个小镇里，做了一名普通的教师。教美术，教语文，大学毕业时那颗漂泊的心，在这个小镇慢慢安定下来了。

比起之前仓促的旅程，在这里，我能变得沉静。故乡里的风，熟悉的人，以及在我眼前一帧一帧走过的四季，都能让我足够安心。这样的静谧时光，是故乡赠予我最好的礼物，我也能慢慢给故乡留下些文字了。

在完成这本书的时候，我像是在拼一副巨大的拼图，没有漫长的叙述，也没有好看的故事，只有一篇篇短小的散文，慢慢拼出故乡的模样。所有人都知道，这是最笨的写法。就像是一个爬山工，负重向前，从来不知道这段路途的终点在哪里，只知道自己要向前走一步，再走一步。

一篇千字小文，于一本书而言，百中其一而已，而我却常常没有时间，去写这百中之一。教师的工作，远没有我想象中的那么清闲，在繁忙的事务中，抽取出那丁点时间，常常是夜深以后了。

家中角落里的一个旧书桌，一束发黄的灯光，一个我用了十年的笔记本电脑，一支钢笔，几本粗糙的稿纸，一杯提神的清茶，以及在耳机里响起的音乐，在深夜里，构成了我所向往的写作秘境。

我用脚丈量过的故土，在这里慢慢变得清晰而又深刻，像是耕牛犁过的田地，一行行，一块块，一亩亩地出现在我脑海里。每写一篇，故乡的模样便清晰一分，在这五年里，慢慢形成了这四个板块的内容。

在“故里景致”里，故乡是一处处让人向往的美景。溪水青山，暖阳清风，随着四季轻轻拂过，变换着不同的颜色。

在“故里味道”里，故乡是一道道让人惦记的美味。家常菜肴，山中野果，时光是最好的调料，把最美的味道留在记忆深处。

在“故里记忆”里，故乡是一件件让人回想的往事。童年趣事，身边人物，岁月是酿了很久的酒，随着它慢慢发酵，越发浓烈。

在“故里花事”里，故乡是一阵阵让人回味的花香。淡若春风，浅如初夏，那些花儿，是故乡孕育的诗，让我在轻嗅时，感受到了生命的韵律。

在这本书里，我用文字为故乡掌灯，等待远去的游人。请你不要害怕故乡太远，就算你错过了晴天的白云，错过了细雨的山野，错过了草长莺飞，错过了秋风落叶，没有关系，我都放在了这里。

我想，你一定也会和我一样，在一个无云的夜晚，秉一盏烛火，细细浅读，细细碎语：与星月，与萤虫，与深春蛙鸣，与过往烟云，与故里这盏永不熄灭的灯。

目　录
Contents

第一辑　故里景致

灯映石路，细流处处。夜晚的桥儿沟无比宁静，青石铺就的台阶呈“之”字形。拾级而上，缓步慢行，灯光映染下，一个拐弯一处风景。

目　录

Contents

目　录

Contents

目 录
Contents

第三辑 故里记忆

梦里那一个个拾柴火的小孩，走在弯弯曲曲的山路上，在冬天的暖阳里，烙出一个个坚实的背影，稚嫩，又显得无比伟岸。

目　录

Contents

目　录
Contents

在众多山湾中，沿着冷水河的支流水田沟往里走，
有一处湾谷叫姚家湾，我从小就生活在那里。

巷道的清风还在，巷道的斜阳还在，留在巷道的旧时光，会随着我按下记忆的相机，一帧一帧留在我的脑海里。

故里景致

第一辑

一场春雨化柔情

刚过春分，春雨就来了，像是酝酿了许久，天空变暗了，艳阳不见了。

远处的山是朦胧的，天边有微亮的光给山罩上了一层淡淡的昏黄，模糊的视线中，山好像变得柔软了，起伏间，画着柔美的线条。

山间的树林真的开始绿了，一丛丛的树叶在雨滴中褪下了枯黄。有的绿深一些，有的绿浅一点儿，随着枝丫的伸展，各有各的姿态，各有各的韵味。

田野被春雨揉成一片，蔬菜也好，油菜花也好，果树也罢，都被雨笼罩在一起了。看上去，新绿中跳动着一抹抹淡黄，像是一床床蚕丝被，一层一层地铺在田野上。

雨滴把河边的柳枝抽长了，点点雨滴在柳树的细条上，轻轻跳动着春天的音符。树影映在河水中，像是在对镜梳妆。只是一不小心把发丝垂进了河里，在盈盈的水面中，留下一片碧绿。

随后，雨滴变得密集了，水面起了一圈圈的波纹，一圈未散，一圈又起，大大小小，圈圈点点，像是在赶集，像是在聚会，热闹无比。

雨滴落在路面上，泛起小小的水花，渐渐汇聚成一个个的小水塘，仿佛是形状不一的镜子，映着附近的春色。

路上的行人变得少了，少数过往的人们，也未遮伞，只是用手遮住头，匆忙的步伐溅起水珠，湿了脚踝。

路旁的菜园也湿润了，土壤变得黝黑。早上的耕牛像是一位写信的笔者，在菜园上写下了一行行整齐的字迹。字里行间中，有些许嫩芽已经冒出来了，迎着雨滴，像是在细细私语。

人们都躲在自家的屋檐下，静看着雨水，慢慢淹没着庭院的地面。怕冷的人还生了篝火，看着屋檐的雨滴成帘，相互唠着家常。旁边放着锄头还沾着新鲜的土，散发着春泥的芬芳，也诉说着一天的辛苦劳作。

蒙蒙的春雨中，似乎还隐藏着阵阵清幽的花香，带着淡淡的青草味散在空气中，融合在雨丝里，浸润着世间春光。

不知不觉中，暮色近了，山头又起雾了，罩住了山头。雨还未停，踏着轻轻的步伐，想走进夜里，溜进人们的梦里，给熟睡的人们，再一次诉说着春天的柔情。

点点新绿俏枝头

不觉间，气温便开始升高了，艳阳挂在蓝天上，坐在白云间，告诉我们要少穿件衣服。前几日起床时，看向窗外，发现雨来了，踏着绵柔的脚步，漫走在房前屋后。

几天晴，半日雨，就这样反反复复，倒像是一个爱折腾的孩童，调皮地赶走了冬日的枯黄，死皮赖脸地拉扯着这春呀，慢移脚步，姗姗而来。

有滴滴答答的音乐声为伴，或有暖阳蓝天相随，便挑选几个闲暇时段，清晨也好，午后也罢，到处去转转，寻寻这新绿都藏在哪呢？

你瞧！院子里的牡丹冒出了花雏儿，绒绒的芽儿伸展了腰肢，没过几日，便大了一分，细枝上的花萼慢慢成型，托着圆鼓鼓的花苞，翘首以待。旁边月季花的桩枝上，椭圆形的叶子已经层层散开了，只有顶端的嫩叶是浅黄的，簇在一起，小心翼翼地踩在枝头上。

你看！菜园里的白菜还是落落大方，摆开偌大的白绿衣裙，中间的菜苔却是羞羞涩涩的，挂着雨露，静默不语，酝酿着属于春的美味，等着人们来摘取。菜地里的豌豆苗已是亭亭，颀长的茎蔓已伸得很高，叶片也很肥硕，饱满的绿意在叶丛间缓缓流淌，有些不安分的茎蔓绕着柔美的线条，画着圆弧，跃到了周边的石岸上。石岸旁边的小路两旁已冒出细小的草，软软地在湿润的土上铺了一层，草丛间还有一些蓝白小花，点缀着这菜园春色，煞是可爱。

你瞅！小河像是喝饱了似的，漫过河边浅浅的水草，在河石间打着细小的浪花。河边几棵柳树，也抽出了细细的柳条，枝条间碎小的柳叶匀匀称称，在随风摆动中露出嫩绿的身影，悄悄地垂在水面上。盈盈的水面好似也沾染了春色，清透中有了些碧绿，偶尔随风漾起涟漪，像是回应柳条似的。

你望！田野里的油菜花开得旺盛，一抹抹亮黄毫不吝啬，挥洒在这片片山谷间。暖阳是渲染油菜花最好的画笔，轻抚斜照，把那些金黄色照得层次分明，光线渐变，又好似浸染了花枝的绿，黄绿相间，重重叠叠，像是春天赐予大地的独有画卷。走近看，那些油菜花也开得精巧，就算是同一束上，花的形状也不一样，片片瓣瓣，像是巧匠做的鎏金钗，端庄又富有朝气。林间也有些绿意，桃花开始谢了，枝条抽出绿芽。其他树木也紧跟其后，小小的嫩叶抽出来了，一片片挺着嫩绿的身子，像是在枯木上，镶嵌了点点翡翠，带有灵气，充满活力。

就这样一路走，一路寻，寻着寻着，就迷失在这春里，思绪缠绕在这新绿里，不想归去……

点点新绿，点点春意，它不藏拙，就这样俏立枝头，织起一片繁茂，让生机重现，让寒冬不见，也让赏它的人，忘了时间。

暖春·新绿·品碧芽

一

怕是久未如此闲适了。放下生活中的烦恼，给自己留个半晌时光，邀一群志同道合的好友，沿着曲曲折折的小路一直往里走，眼前是看不尽的春色，也有听不完的传说。

说起来，已是两次来到药乡卡子镇，头一次来镇中小学授课，来来去去总是匆忙，这点点新绿啊，在我走马观花的眼目中全糟蹋了。

不到两周时日，第二次来时，点点新绿已是叠叠地俏绕在枝头，盼望着四周，各有各的姿态，各有各的言语。鸟雏也来凑热闹，把周围的这些新鲜绿叶总看得紧，还叽叽喳喳叫个不停，像是谁要跟它抢似的。

我们也只好默不作声，由着车子缓缓前行。清晨的阳光沾些露水，透过还不算茂密的叶隙，斑斑驳驳地洒在车窗上，再轻柔地映在脸上，暖暖的，微闭起眼，恍惚间像是做梦一样，梦里清风拂面，黄花漫天。

车里有爱音律的前辈们唱起了歌，穿透有低沉回声的音响，与车窗外瀑布、溪流相互应和，民间小调、黄梅戏在如此春色中尽情地流淌着，舒缓了耳畔，凝了心神。

如此时光浅浅，路途不长不短，愿拂去心中浮躁，隐匿生活中的尘埃，久留在这条路上。

二

太阳照满山谷的时候，我们来到张家大院。上次来的时候，院旁的一棵梨树还未开花。这次来，仅有斑斑点点的花瓣残存在树叶间，地上也落了些，零散地撒在青石板上，飞一吹，便滑过行人的脚尖，无比俏皮，好像谁也留不住。

古老的砖墙依旧，青瓦依旧，许是这次来得从容，能看到院后略罩雾气的青山，能听到几声清脆悦耳的鸟鸣，觉得格外清静。

院内有古老的陈设，雕梁画栋虽染了尘埃，但仍不失气派。厅内摆放着一些农具，连枷、风扇、雨蓑再普通不过，却像是一幅幅展开的淡色画卷，让我忆起童年的点点滴滴。

我想在岁月的长河里，在这个院内，一定有那么一群孩童，踏着木板在阁楼上嬉戏打闹，或摆弄着这里的花花草草，或逗玩着院子里不愿走动的老龟，不管走到哪个角落，都是满满的幸福、悠然，只是现在全都不在……

三

收起思绪，随着车上了个坡，路变窄了些，山却清秀了些。白房、绿野、粗树错落在山腰，倒也不刻意，就像是画家随手写意，就成了一幅别有味道的风景画。

早就听说这里有个茶园，上次没能来看看，这次终于如愿。茶园在一条小溪的两边，一簇簇的矮茶树，绕着缓缓的坡，一直向前延伸，画着弯弯曲曲的线条，一眼望不到边。

茶园中央镶嵌着一块油菜花田，片片花瓣在淡黄中透着草绿，在微风的呼唤下摇曳着，格外清爽好看。步行在茶园中的小路上，随手在茶园里捻一叶新绿，闻着淡淡新茶芳香，有悦耳的溪流为伴，确实惬意。

茶庄在茶园上方，依着青山，傍着流水，红白相间的建筑古色古香，还有茶池、凉亭、山石来点缀，中间种的花花草草，处处留香，慢行或驻足，都有别样的景致。

在茶室里，清泉泡着新茶，碧芽在沸水中浮浮沉沉，透过玻璃，映着一隅春色。浅抿一口，感觉这整个春啊，在手中，在口中，更在脑海里，化作一汪碧绿，守着内心的沉静。

旬白山岭药王宫

趁着雨过天晴，春绿满山，刚好约一群好友出去转转。缓缓地驶入仓上镇，本想去国家 4A 级旅游景区梯彩天宝农园溜达一圈儿，却有人介绍，说这天宝村除了有人尽皆知的梯彩农园，还有个道教圣地药王宫，虽正在修缮，也颇有看头。

比起去过几次的梯彩农园，这从未踏足的秘境更让人忍不住想要去探寻。一群人沿着裴家河往里走，在去天宝农园的路上拐了一个岔道，一边听着关于药王宫的传说，一边向着药王宫慢慢靠近。

哪知中间有一段黄泥路，被昨夜的雨洗得湿滑，车上不去，只好步行。走了几步，映入眼帘的除了满目春色，还有一个村庄。

山虽高，这个村庄的人可不少，旧式黄土房、新式小洋楼相互错落着，在山腰间东一栋西一栋，还有人在路边盖起了别墅。问其原因，都说这是个好地方，有药王庇佑，能健康长寿，还说这地方即将开发旅游景点，那时候人就更多了。漫步在村庄里，看着近处古树参天，远处群山延绵，路边鸡鸭相鸣，算是提前游览这些景点了。

绕着山路转了几个大弯，慢慢接近山顶。这药王宫就建在白河、旬阳两县的交界处，这边是白河县梯田叠叠的仓上镇，那边是旬阳县崇岭蜿蜒的蜀河镇，药王宫横跨在两县交接的山岭上，占据着山岭的最高点。

远远望去，药王宫的朱红色院墙，在青山树丛的映衬下显得格外威严，上方的青瓦白梁，在淡雾中若隐若现，似有仙气，脱于世俗。

走近山门，看到台阶由巨石砌成，山门前的场地虽未硬化，但地基已然成型。拾级而上，看到药王宫的主体建筑已经完工，宫门横梁写着：道教仙山。药王宫的牌匾还未挂上，静静地摆放在宫门旁。

倒是左右两旁立柱上写的对联十分有趣：旬白仙界药王圣方护黎民，天宝福地众神慈悲佑百姓。说是每月的祭祀日，旬阳、白河两县有不少村民都来此祭拜，无比热闹。

进入院内，十分整洁，青砖铺就的地面没有尘土，看来虽没有完全建好，已有人开始打理了。院子的左右两侧都是厢房，正前方有个石砖砌成的香炉，也没有粉刷，里面却有了不少香火灰烬。

香炉上方就是大殿了，在大殿外的一个石碑上，看到这药王宫始建于清朝道光二十一年，至今已有两百多年历史，想到药王宫在这山岭上经历了多少风雨，如今即将焕发新的光彩，无比感叹。

在香炉前上了香，踏进大殿，清淡的檀香味阵阵而来，大殿正上方是众神的塑像。中间便是“坐虎针龙”的药王爷，药王坐着猛虎，一手施针，一手握着青龙，应证着药王“医龙治虎”的传说。药王左侧是怀抱着白胖小子的送子娘娘，右侧是手握金元宝的财神爷，下方还有诸多仙像，都用红布遮着面，正等着良辰吉日，揭开面纱，接受世人朝拜。

大殿右侧的公示栏上说今年八月份完成修建，修建完成后将和梯彩农园合成景区建筑群，贯穿天宝村整个旅游路线，成为天宝景区北面的重要组成部分。

走出药王宫，站在山岭上，乘着阵阵迎面而来的轻风，看着旬阳、白河两县有些相同，又有不同的景色，感叹家乡居然有如此之多不曾踏足的秘境，在内心里不经意念叨：那余生颇长，未行之路，未看之景，未踏之境，且容我慢慢来过，可好？

天宝的仲夏夜

转眼就到了仲夏时节，外面已是一片炙热，天宝村的夜里，却是微凉的。山间徐徐的风，细如游丝，从天边来，穿过丛林，就这样在山间缓缓地流淌着，流在处处迷人的景色中。

夜幕下，灯渐亮，在山间绕成一条盘旋的长龙。天宝离得不远，白天我已经来过好几次了，却没想到在夜里，遇到的却是另一番景象。原来呀，它会在夜里，悄悄地换上了另外一身妆容，给恰好路过的人看。

从远处看，各色的灯光融合在一起，已分不清到底是什么颜色了。斑斑点点的光在夜色的背景下，显得格外明亮，但却不耀眼，柔柔的，好似一双双含有秋水的眼眸，诉说着行人的故事。

这么好的灯光，就在远处看看，肯定是不够的。走进灯光长廊，像是进入了另一个世界。紫白色的光束像是精致的流苏，黄绿色的光束像是撑开的小伞，心形的光门，斑斓的光线，都随着音乐的节奏变换着颜色。每一处，每一点，都是精心搭配的，色彩艳丽且富有韵味，在这黑夜里唱吟着各自的美。

在灯光长廊中，走了一会儿才发现，长廊上方居然是一株株密密麻麻的葡萄藤，藤上已经结出一串串葡萄，绿油油的，在灯光的映照下格外通透。忍不住跳起来，摘了几颗已经泛紫的葡萄果，放在嘴里，酸酸的，甜甜的，这味道和此时梦幻的灯光糅合在一起，像是品味着青春里的故事。

夜渐渐深了，游人渐归，长廊里的灯光也渐渐灭了，这时候的天宝也变得安静起来。约上三五好友，坐在客栈屋顶的阳台上，闲语散聊。

一方长桌，数把藤椅，几杯清茶，虽是这样简单闲适的生活，却已经很久都没有体验过了。

不光是我们说着话，虫子也在聊着天，藏在各个角落里，唱着让人入梦的歌，说着让人听不懂的秘密小事。偶尔有细碎的声响，山谷中几声鸟鸣，然后留下一片静，流进心底的静。

不知不觉中，月亮爬上了屋顶。许是快到月半了，月亮变得圆圆的，月亮旁边还有几颗明亮的星，忽闪忽闪的。月光和星光穿过层层薄云，把薄云变成了一片片的鱼鳞，透着月光赐予的淡淡光晕，又好像是不停变幻的玉石小舟，轻浮在空中，慢慢流动着。

这样的夜，这样的景，是要出去走走的。还是刚刚闲聊的三五好友，下了楼，迈着悠闲的步子，走在山里的路上。有月光照着，倒也不用带灯，淡淡的光，投下几个拉长的人影，慢行至山间的开阔处，欣赏着月夜下的美景。

远处延绵的山脉，在月光下变成墨色，再也看不见山中的树木了，近山和远山重重叠叠，高低起伏，山间有烟雾氤氲，在月色的笼罩下变得朦朦胧胧，就像是月夜留给世间的一幅意境深远的水墨画。

画中还有些许树影，像是用毛笔挥毫的浓墨渲染，不必精心勾勒，就这样洒脱自如，各有姿态。楼阁、房屋、堤岸在画中只留下简单的线条，横竖相称，曲折有度，毫无雕饰的美，细品起来，格外生动有趣。现在才明白，原来这月夜呀，才是世间最好的画家。

还是有徐徐清风，轻轻拂去了仲夏的浮躁，留下这一片独有的宁静。而我呀，像是卧在心灵的小港上，喝了一杯绵长的酒，微醉在这天宝的夜间，恍惚中，留下了这一纸碎梦。

天际未完的诗

三岁半的女儿喜欢看天空中的晚霞。每次遇到天边被染红的时候，总是惊奇地喊着我：“爸爸，你看，晚霞！”晚霞这个词是她妈妈教的，慢慢地，她便记住了。甚至有几天天阴时，还趴在窗户上问我，晚霞什么时候来呢。

今年的夏天好像雨水特别多，好像整个七月都是阴雨绵绵的，天空也常常是昏暗的，像是染了墨，云变得厚重，一大片、一大片地压着天空，像是要掉下来似的。

少有的几个晴天，却被琐事耽搁了，困在斗大的房子里，再走出去时，天已经黑了。晚霞也像女儿一样，有时候调皮得很，跟我们捉迷藏，想看它的时候，它就是不出来。

近些天，清闲了不少，晚饭后常带着女儿在小镇里走走。出来的时候，她牵挂的便是地摊上的玩具了，或者跟着几个同岁的小孩一起玩。我偶尔还是朝着天空看一眼，有时候天边一隅会出现几缕橙黄色的光，像是飘落的羽毛，不一会儿就消散了。

这晚霞终究不是我想看到的样子。于是，我便在手机里翻看以前拍晚霞的旧照片，在屋顶拍的，在院子里拍的，在散步时拍的，那晚霞多美呀，一角湛蓝，半边昏黄，绚丽得如同油画，只是锁在手掌般大小的手机里，就算是再看，也少了点味道。

今天傍晚的时候，我在学校操场上闲走，猛一抬头，看到天空上的云变成了白浪，一个浪头朝我的眼睛打过来，我的眼睛被吸引住了。原来上天还是不吝啬的，没让我看到晚霞，却邀请我来看海景了。

不得不说，夏天的天空是最干净的，纯净的蓝一望无际，又很平整，像是用笔刷刷过一样，颜色浓淡都是一样的。

有了蓝的底色，才能看到白云的生动姿态。一块块的白云聚在一起，排着整齐的队，从天的这一边铺到天空的那一边，前面的云小一点儿，有的细如轻烟，后面的云大一些，有的干脆连在一起，就这样形成翻滚的浪花，无声地荡漾在天空中。

女儿喊着我带她去小镇的广场去玩，我急忙收回视线，跟着她来到广场上。再抬起头时，天空又变了样，刚才的白浪变成了浪潮，完全在天空中散开了。有的浪花在回旋，有的浪花在漂游，有的浪花渐隐在乌云里，一个个像是觅食的白羊，各有各的去处。渐渐地，天空都被这些白浪占据了，形成了不想退去的潮，不停地涌动着，翻腾着……

与几个好友闲聊了一会儿，天也渐渐黑了，便和女儿走在回家的路上。女儿突然喊我："爸爸，你看，天边是不是晚霞？"我这时候才发现，刚才的浪潮被染红了。

今天晚霞的红，是从潮云里透出来的，浅的红，带了些橙，罩染在云潮浪隙间，点映着淡黄的光，慢慢地延绵到天际。晚霞还真的来了，越靠近天边，越红得清透，映红了山尖，染红了树丛，连路灯也来凑热闹，点亮了橙红色的光，照着来去的行人，照着渐晚的天色。

不一会儿，晚霞便隐去了，天空又被染了墨，黑沉沉的。女儿说："晚霞又不见了。"我说："以后还会有的。"

是的呢，天空是个无声的电影院，每天都会悄悄上演着不同的色彩影片，变换无穷且气势磅礴。而晚霞呢，是天际一直都没有写完的诗，下一句诗行，不知道会写在哪一天，但肯定会是更美的一句。

国道旁的小镇

七月初，随着盛夏的步伐，借着外出监考的机会，来到国道旁的小镇——白河县冷水镇。冷水镇是冷水河和汉江河的交汇点，汉江沿镇边缓缓而下，襄渝铁路穿境而过，316国道比肩而立，集水路、铁路、公路为一体，交通十分便利。

以前，上学、外出的人都要经过冷水镇，来镇的人数众多。后来县域内通了高速，冷水镇又撤了火车站点，这个国道旁的小镇可能已渐渐被人淡忘。趁着监考的闲暇，绕着小镇走了一圈儿，总感觉这个小镇比起以前，似乎少了些什么，又似乎多了些什么。

曾经小镇的清晨，街道上满是车鸣声和吆喝声，人群熙熙攘攘，外出的、回家的、候车的像是扎堆的蚂蚁，在这个不宽阔的小镇中闹开了锅。现在的小镇颇为平静，清晨的街道像是一条弯弯曲曲、忽上忽下的丝带，缓缓地盘旋在小镇中央。

街道两旁是附近菜农的卖菜摊点，绿油油的蔬菜和银白色的小鱼，在晨光的映射下显得更有生气。来来往往的街道中，少了大车的穿梭，只有少量摩托车和行人，不宽裕的街道显得绰绰有余。人们拿着蒲扇，迈着闲散的步伐跟菜农商量、还价，他们恬静、闲适的神情，是悠然自得，是安宁享受。

在傍晚的时候，走出小镇，天空中的夕阳和盘绕的国道一样，在小镇旁绕了一个弯。走在少了灰尘的公路旁，看着山尖夕阳的余晖，洒在宽阔的汉江江面，倒映着葱绿的青山和过往的渔船，小镇的周围就是一幅无需修饰的山水画。

江面被雨水充扩，像是喝饱了似的，原本荒芜干涸的河床和水面连接一起，犹如横跨在幽幽山谷间的一面镜子，镜子无比硕大，镜中水波击着白石，泛起阵阵浪花，向着更远的地方奔流而去。

画中的青山起伏连绵，山谷两旁的山石各不相同，又相互照望，眉目间似乎有着暧昧不明的神情，在蓝天白云下，偷偷说着话。山中丛丛低矮的灌木像是给大山织了一条绿色裙子，裙子上的纹理自然，山间的沟壑是一条条流动的裙褶，相同种类的树群是裙间佩戴的流苏。

画中最难追寻的莫过于傍晚的夕阳了，余晖中的光影变幻莫测，像是一个顽皮的孩童，一会儿跳到水面，一会儿洒在丛林，一会儿藏在天边，转眼又消失不见，从来不给人们留恋它的机会。

夜晚的小镇像是睡熟了的少女，静静地卧躺在汉江旁边，国道是长长的棉被，延绵到远方，默默地守护着人们；悠悠的流水声是梦中的乐章，缓缓地弹奏着昔日的繁华和过往的传奇。

夜再深些，清凉的河风会从山谷中纷纷而来，吹动树梢，吹进窗户，赶走夏日的闷热，路过人们的梦境，却不惊扰熟睡的人们。偶有过路的火车踏着穿梭在山间的铁轨，发出“哐当哐当”的响声，几声清脆的鸣笛像是和小镇打招呼，诉说着小镇曾有的喧嚣和热闹。

这国道旁的小镇，少了些什么，又多了些什么，我不知道。岁月像是河水不断冲刷着人们的记忆，繁华与宁静，喧闹与平实，铅华洗尽，风韵犹存。或许在人们心中，一切都没有改变，它仍是国道旁的小镇，不管它变换何种模样，总是会留在人们心中。

夏夜中的星

好像已经很久，没有看到过这样的星了……

偶然在这样的夜里，卷了一方窄席，铺在阳台的地板上，卧躺中，随意向窗户外望去。几处点点的星，隔着窗纱，似乎在不停地跳跃着，拖着细小的光影，在迷蒙的睡眼中忽明忽暗，漂亮极了。

看着闪亮的星，我却突然清醒了几分，擦了擦睡眼，才发觉夜已经深了。

深邃的夏夜，少了些纷乱嘈杂，像是给整个小镇涂上了纯净的底色。我轻轻打开窗户，看到小镇的各个角落里，还有几处昏黄的灯光，但都微弱得很，朦朦胧胧的，大小不一地微闪着淡淡的光。

围在小镇四周的山峦，已经漆黑成一片，再也看不清楚山中的景物了，只剩下起伏的线条，模模糊糊地勾画些山的轮廓。

夜空中的星，就这样浮在山尖上，这一颗，那一颗，有的亮一点儿，有的暗一些，似乎越看越多。

突然想到，像这样看星星，数星星，应该是小时候才有的事情吧。大概也是这样的夏夜，在宽敞的院子里，坐在破旧的靠椅上，月光穿过叶隙，在地上留下斑驳的碎影。

头的上方，毫无遮挡的黑蓝星空像是一幅流动的画。爷爷手中的蒲扇随着微风，打着节拍，嘴里说的还是重复的故事。我们只顾着数星星，用手指一颗一颗地数，一颗一颗地指，数着数着就忘了，数着数着就睡着了……

而此时，我却睡意全无了，索性坐起来，靠在窗户前的凉椅上，看着夜空中的星星，变成一双双夜的眼睛，透着淡黄色的光晕。

在光晕下，我看到了山间的萤火虫，带着微弱的荧光飞舞回旋，停停落落。我听到了蛙声阵阵，虫鸣声声，窸窸窣窣中，一会儿唧唧啾啾，一会儿嗡嗡咿咿。流水是永不停息的和弦，清风是无声的乐师。它们都在这黑色的舞台上，肆无忌惮地演绎着自己独有的美，灵动鲜活，而又那么神秘。

看着看着，我竟失神了，这也许是每天晚上都会演出的自然音乐会，我却总是错过了。

可能成人的世界总是发现不了童真的美，只有在夜深人静之时，心宁神静之后才会察觉。我们常把它们忽视在睡梦里，而它们，也太过于顽皮了些，生生逃过了我们的眼睛。

夜空中的星仍旧在闪烁，阵阵从窗口透过来的清风，带着丝丝凉意，我不禁一颤，夜真的很深了，睡意渐渐袭来。我盖上薄被，心里依旧想着，这些星星，可能还会走进睡梦中吧……

裴家河东庄老君殿

初秋时节，凉风习习，正是出行好时节，从西营镇小沟出发，慢行于山间乡村公路，处处竹林老树，听深山流水潺潺，一片幽静。翻越过山脊，便就是仓上镇裴家河地界，早就听闻东庄村有一座老君殿，香火极旺，多年来留下不少神奇的传说，终于有机会去探寻一番。

远望老君殿，坐落在东庄村的一个山脊上，这山脊蜿蜒盘旋，好似一条伏卧的盘龙，确实是一处风水宝地。听说这老君殿的庙宇可不止一处，分为凉亭、祖师爷殿、正殿、戏楼四个部分，分布在这似龙的山脊上，巍巍峨峨，风风雨雨，不知有多少年。

走进老君殿，首先映入眼帘的便就是凉亭，凉亭前已经开辟出一块大面积的停车场，准备为以后的开发旅游所用。听以前的施工工人说，在这停车场中曾挖出了十几个硕大的白石，曾有一个白石在挖掘中不慎滚落山下，山下可有不少人家院落，这么大的白石滚下去很容易伤人，急坏了这帮施工工人，连忙跑下去看，发现那个白石已裂成四五块，稳稳地停在离院落不远的山坡间，别说伤人，就连牲畜也未碰到。

我也觉得神奇，听着他们一边讲述，一边走进凉亭。凉亭处于这个山脊的最高处，旁边有不少枝叶繁盛的松树，半掩着凉亭，地下散落的松果和松针，浅浅地铺了一层。站在凉亭上，可以看到四周空远的群山，一碧千里的山色连接着浅蓝的天空，心里觉得无比舒畅。

抬起头看，这凉亭内还绘有精致的画卷，四周画的是四季景色，流畅的线条颇为讲究，小亭下面还有一些木凳，在这里看看景色，吹吹凉风，确实不错。

从凉亭出来往下走，不远处便是祖师殿，虽然这几日不是香火日，但是周围的彩带和地下堆积如山的鞭炮纸屑，都诉说着它香火极旺，信徒极多。

听当地村民讲，每到年三十，这祖师殿便是最热闹的时候，许多上香的人从四面八方汇集于此，祈福还愿。还有不少人早早地在这等候，等着上新年的第一炷香，祈求更大的庇佑。十二点一过，这里鞭炮声连连不断，烟花开满整个夜空，一直到正月初一的清晨。

再往前走，是已经用混泥土建起祖师殿的地基，搭起的框架比之前的祖师殿还要大三倍，村民说，他们想自己筹钱把祖师殿的庙宇修建起来，还给我拿来庙宇的设计图样，看到图中红墙黑瓦的建筑，我感慨说这是大工程呀，也不由得为他们的精神所震撼。

走到正殿，村民给我讲起了老君殿的历史，说是老君殿建起已经不知道有多少年了，明朝的时候修缮过一次。在正殿前的一块空地上，摆放着不少石碑，石碑上清清楚楚刻着当时修缮捐赠人员的名单，姓甚名谁，捐赠多少文钱，依旧清晰可见。

后来，这里的庙宇被摧毁，只留下这些遗迹和传奇留给我们去探寻。村民说，以前正殿有庙宇、厢房、花园、水池等完整的建筑，正殿前还有两口大钟：一口铜钟，一口铁钟。听说庙宇被摧毁的时候，这两口钟居然起身飞走了，居住在这里的老道长用石子打落下来一口铁钟，落在正殿前，老道长走后，铁钟被人推到山下，化成碎片，各家都捡了些，渐而也没了踪影。

正殿左侧有两棵古树，枝繁叶茂，颇为挺拔。村民说这两棵古树连接着东庄村的命脉，每每折损一个枝丫，东庄村便会损失一个人才，折损的枝丫越粗，那个人的才能越大。望着这盘根错节的大树，确实像生命的繁衍生息，大树虽折了一些枝丫，但树根依旧稳固，象征着东庄村依旧昌盛。

因为时间的原因，没前去戏楼观望，听村民说以前的戏楼无比热闹，每年三月三会在这里上演一出出大戏，许多人前来观看。

听着村民的描述，我好似看到了那个久远的年代，在戏楼里，歌剧舞者画脸谱，穿戏服，一个个传奇故事在他们嘴里传唱，舞台下大人带着小孩拍手叫好，欢声如浪。

如今这里已被尘土覆盖，那些关于老君殿的传奇故事，被时光封存在这个幽静的秘境之中，唯有人们的信仰仍在。村民又找来老君殿的整体设计图样，图样中凉亭、祖师殿、正殿、戏楼错落有致地布局在山脊之中，图中庙宇庄严肃穆、古色古香，只是因为种种原因，修缮复原老君殿的项目被搁置。

希望有一天老君殿能够重拾昔日的色彩，带着它在历史中沉淀许久的传奇故事，在这处秘境之中焕发万丈光芒。

秋雨绵绵落白河

我常常挂念白河的秋，以前在异地远乡求学，秋雨从母亲的电话声传来，带着电流的沙沙声，吸附在耳畔。

“家里下雨了吗？”

“雨都没了路面了。”

远乡的风很大，把母亲的话吹得很散，带着泥土的馨香，连着快要吹弯的雨伞，无数次地飘荡，我像是抓着了，又没抓着。

我想白河的雨是绵柔的，悄悄地藏在山间的云雾里，娇俏得谁也不见，等到云朵再也托不住它们之后，才化作细细雨丝，缓缓地飘落下来。

雾起来了，像是和这些雨丝约好了似的，就这样漫游在山头，漫无目的地飘着，散着。山间早黄的树丛被雨洗过后，颜色更加清丽了，黄中又有些绿味，在整片山林中，像是桀骜的剑士，孤零零地站着，不管雨怎么清洗，都不在乎。

路面上积水了，雨丝把青石板洗得洁净，多余的雨水又填充在路面上的坑洼处，行人的脚底带来了泥土把积水染成浑色，人走过时，隐约地晃动着。河水也漫涨起来，却不是夏天那样暴躁，只是盛满了河床，盖住了河床的石头，轻轻地把河床边的草拉弯了。

我想白河的雨是清静的，在夜晚悄悄来到你的窗前，像是小猫走路一样，发出一阵窸窸窣窣的声响。朝着窗外看，是见不到雨的，雨就这样躲在黑夜里，不知道它是大还是小。雨只有在灯光下，才露出丁点儿模样，细细的，跟平时不大一样，像是带着碎小的光点，如同流星坠落在夜空一样。

夜晚的雨又像是一首歌，要送给懂得时光的人，去斟一杯清茶，回忆一段往事。或者约三五个好友，对酌浅饮，花生、瓜子都必不可少。怕冷的人已经生起了火炉，炉上顺带熬上白萝卜排骨汤，任由热腾腾的白气弥漫着整个房间，再关起门来，静享着这段清静的时光。

有雨的夜晚，人比较容易安睡，雨滴在芭蕉叶上啪啪作响，像是打着让人昏睡的节拍，连梦里也要有雨的样子，梦里湿了楼台，阁楼，湿了一段又一段惆怅的回忆。

我想白河的雨是忧愁的，延绵数半月，把本应该在夏天下的雨都下了个遍，苦了要去远方的行人，愁了田地里怕水的庄稼，就连洗完的衣服也干不了，只能挂在屋檐下。

更为忧愁的是在外的游子吧，看着远乡雨下的霓虹，纵使再富丽堂皇，也比不过山野村林中那雨落青山的安逸生活。雨打尘埃落，那远在他乡的人儿不正是那一粒粒尘埃吗？飘浮了多远？停留在什么地方？自己也不知道。

站在雨中，想拨开这一道又一道的雨帘，回到阔别已久的家园，可是这雨水呀，早早地困住了你的双脚。

这绵绵秋雨飘落在白河，它常被人怨恨着，怨恨它太过于任性，没有按照人们的意愿，想来就来，想走就走。它又被人惦记着，滴落着来来往往的行人，在每个人身上，留下了淡淡的乡愁印记。

大山深处的云雾秋色

中秋节的清晨，从西营镇出发，沿着冷厚路行驶，有青山绿水为伴，虽是不知走过多少次的路，在这清晨云雾中，却别有一番滋味。

好似昨晚那场秋雨，延绵到了今晨，悄然地带走了夏天的燥热。山间比起往日，更是清爽不少，一颗颗细小的露珠在树叶上滚动，来来回回像是孩童的小手，不知在哪儿偷了点儿颜料，给山中涂了些黄黄红红的颜色。

总觉得在恍惚间，这原本青绿色的山就换了一件衣裳。远远望去，天边的云雾化作纱帽，沥青路化作裙带系于腰间，还有清水为镜，映出她的娇容。这里的山呀，真似个姑娘。

行走在这样的山中，总忍不住停留驻足，站在宽阔的马路边，呼吸着清甜的空气，昂首或者是低头都是景色。近处碧水浅潭犹如时光相机，记录着山中变换的色彩，远处云雾缭绕，时而浓密，时而疏散，又好似一个舞者在诉说。

拐过几个弯，转过几处水，仓上镇就映入了眼帘，秋雨好似唤醒了这座集镇，它匍匐在山中的姿态，好像是机灵的白兔，要以青山绿叶为食似的。

这似乎是一座永久热闹的小镇，镇中人群熙熙攘攘，车辆络绎不绝，估计是中秋佳节的缘故，清晨虽然有些冷冷瑟瑟，但人们却热情高涨，处处洋溢着欢乐的气氛。

如林而立的商铺前，各种各样的月饼似乎要铺满整条街道，悬挂的字符红红火火，更有三两农人背着自家的新鲜蔬菜吆喝叫卖，处处都是一片生机勃勃的景象。

虽是清晨，桥头旁已经停满了车辆，摩托车、面包车、大巴车皆有，都想借着这中秋佳节拉上一车乘客。走亲访友的人，都是手提大包小袋，配合着司机叫乘客上车时的呼喊声，一副匆匆忙忙的样子。

离开了仓上镇的热闹，马路两旁又恢复了宁静。近处的木瓜树已长出了肥硕的果实，黄叶似乎完成了它的使命，随着清风慢慢飘落下来。远处偶尔有几缕炊烟从农家的屋顶冒出，和天边的云雾融合在一起。

越往前走，山势越缓，水流越大，马路与河流也离得越近，再也不是先前的悬崖峭壁。站在马路边，就能听到细细的水流声，一簇簇矮树丛荫立在河床上，周围的水草也变成了黄红色，彼此之间交相辉映着。

碧水击着白石，泛起水花，偶尔飘落的黄叶浮在水面，猛一抬头，才发觉这里的树叶黄红的更多，从山尖一直到山脚。

一座古老的拱桥横跨河流两岸，远远望去，像是一个脸带微笑的沧桑面孔矗立在山间，接迎着行人和车辆。

这桥从不孤独，有着青山云雾为伴，又有碧水白房相依，在这秋色渐浓的季节，像是给人们讲述着一个亘古久远的故事。

是啊！我走过很多地方的山，看过很多地方的水，也跨过无数次的桥，这里却像是我久久不能解开的秘境，它锁住了四季变换，锁住了一方净土，也锁住了我们心中一汪浓得化不开的乡愁。

暮色里的汉江

来了白河不知道有多少次，可是这汉江啊，从未认真看过。怪我自己嘛，一来就扎进县城的街道里，匆匆来，又匆匆走，也没想过去看看它么。

而这汉江啊，也骄傲得很，就这样悠悠地流着，故意在县城边拐了弯，径自去了，也不曾看过我们。我们忙，它也忙，像是两条永远不会交织的线，各自游走在世间。

终于有了点闲暇时光，却已经是傍晚时分了，想着离天黑还有段时间，就出了县城，顺着国道去走走。

立秋已经有一段时日了，风也变得绵柔起来，不干不燥，轻轻地吹拂着。国道的沥青路面很干净，两旁的住房高高低低，时而聚集，时而稀疏，从不刻意。越往远走，行人渐渐少了，只是偶有车辆，疾驰而过。

国道旁的绿色栏杆随着路面，向着远方不断延伸着。栏杆外，一棵棵芦苇已经长得很高大了，白色的苇絮弯着腰，随风飘着，时而朝着江水点点头。而这一江清透的水啊，带着浅浅的碧绿，从一座座青山的拐角处，缓缓地流着。

站在路边看着江面，甚至感觉不到它在流动，平静的江面就像是清澈的眼眸，眸子里映着天空，映着群山……路两旁的房屋在江水里，也变成了大大小小的白点。随着清流划过的一条条细线，把眼眸里的这些景物都揉成一幅模糊的画，点点斑驳，笔笔柔和。

太阳渐渐落了，也该往回走了，反正有这江水陪着，倒也不着急，走走停停，看看歇歇，路宽心也宽，景静心也静。

不觉间，天边变了颜色，蓝蓝的天空透出了一些橙黄的光，轻轻推开白云，再过一会儿，昏黄的光变成一束束的光柱，慢慢染黄了天边，斜斜地照在山尖，照在江面上。

本是无心闲走，却看到了如此的美景，看来汉江也是好客者，在这暮色里，邀来夕阳，毫不吝啬地让我看到它的最美容颜。

淡黄的光柱洒落在江面，在江心形成一道道光晕，一圈圈点缀在江水上，留下了粼粼波光。江面上随风而起的阵阵涟漪，像是一条条细碎的线，融进浅黄的光里，融进江水里……

江边的山在波光里也隐去了颜色，只留下起伏的轮廓，远处的山还升起淡蓝色的薄雾，变得朦朦胧胧。隐约在远处，还能看见几艘渔船渐渐驶来，细小的船影慢慢移动着，驶进这方画轴里。

坐在路边的方石上，看着看着，就醉了，暮色里的汉江，让我失了神，跌入了这画境里，观江心映染，望叠叠青山。望着，忘着……

秋风似有故里声

外出求学，也未离几日，竟有些思念故乡了，许是秋风乍起吧，吹得落叶飘荡，渐迷了眼。身在异地，眼前尽是秋风萧瑟，阴雨蒙蒙，虽然夜晚也有华灯初上，霓虹万千，总感觉少了点山间清秀，缺了点乡间野逸。

站在繁华街头，看着雨水渐渐湿了脚尖，思绪一阵混乱。总想起故乡秋风里的一片暖阳，天总是无比湛蓝，几朵白云散漫地飘着，散着，掠过丛林树梢，掠过小径河流，掠过过往行人的心头。

在秋天的暖阳里，故乡的秋风是温顺清凉的。秋风早就没了夏天的燥热，迎面而来，轻抚脸庞，慢慢除去了心中的焦躁，静下心来，驻足眺望，你会发觉秋风悄然地把故乡变了个样。

秋风吹熟了田园里的蔬菜庄稼。在秋风里，绿茵茵的花生叶在田野里摇晃，诉说着它根须下丰硕的果实。菜园里的瓜果蔬菜也是绿的绿，红的红，像是画家随意地这画一笔，那画一笔，丰富的颜色都糅合在秋风里，组成一幅幅色调清透的精致小画。秋风还吹动着山里人家挂在房前屋檐的玉米棒，一串串象征着收获的金黄色玉米更像是风铃，在左右摇晃中，似乎有着秋天独特的音韵。

秋风吹黄了山林间的树叶。清爽的秋风，带着暖阳透过树隙，渲染着一片又一片渐黄的叶尖，树叶像是透明了似的，欢快地在树梢间舞动着，三三两两，不时地碰碰头，窃窃私语，像是在诉说着秋天的美丽。远远看去，所有的树叶都沐浴在这片暖阳中，绿中的淡黄，黄中的浓绿，还有早来的红，都镀上了淡淡的光辉，随着秋风的波浪，在山间起起伏伏。

在秋天的月色里，故乡的秋风是诗情画意的。秋风催睡了世人，却忙碌地奔走在世间的每个角落，邀来了月光，带来了雨露，在地面，在天空，布置着一道又一道静谧的景致。

在地面上，故乡的阵阵秋风会吹动竹影，映在院落中的白墙上，变成一幅幅流动的墨竹图。浅笔淡写的竹尖，还有些泛着青色的月光，像是给这幅墨竹图点染了些花青古色。灵动的月光更像是一个丹青妙手，还画出了花影，芭蕉影，树影，可能留在石头上，小路间，小河里，不经意间就挥毫成风，落笔成景。

在天空中，故乡的阵阵秋风会吹散所有的阴云，等天空被秋风打扫得干干净净，月亮才会娇俏地出来散散步，引起秋虫的鸣叫，弹起安静柔和的乐章。引起未睡的人们，从窗户中透出淡淡灯光。

轻挑灯，茶色浓，落窗月影重重。故乡的夜色里，窗外圆圆的月，会洒出一片莹白，落在屋顶上，给青石瓦片蒙上一层轻纱。落在小河里，在波纹荡漾间，幻化出月影无数，水汽氤氲，朦朦胧胧。

雨没街头，这里繁华依旧，数不胜数的路灯，把黑夜照得犹如白昼，匆忙的人群在路口聚聚散散，处处风景让人应接不暇，很少有人注意到，在墨蓝的夜空中，还有一轮明月浅望着世间的浮浮沉沉。

秋风似有故里声，明月寄乡音，秋风和明月呀，都能穿过重重叠叠的山脉，跃过曲曲折折的浅溪河流，愿它们带着我未归的思绪，静静地留在故乡那方净土之中。

秋夜灯映桥儿沟

桥儿沟倒来了几次，只是遇到她时或是春分细雨，太过于匆忙；或是仲夏艳阳，太过于急躁。来来回回像是看够了，心里却还是有个未了的牵挂，如同牵挂一个未嫁的女子，内心反复琢磨着，她应该有更美的时候吧？

如此一年又一年，桥儿沟像是没变，依旧坐落在山城繁华街市的路口，我却踏着一条幽径，在这样颇为宁静的秋夜中，寻找她的俏妆红颜。

灯映秋夜，略有微凉。遥望山城上空，漫漫的夜空中无星也无月，带着轻松的心情，随意的步伐慢慢朝着桥儿沟走去。

刚走到桥儿沟的路口，映入眼帘的便是一串串红色的大灯笼，在漆黑夜空的映衬下格外红艳。黑夜像是给了灯笼一个纯色背景，隐去了白天的所有杂质，月亮、星星都不来争艳，只邀了点清风，配合着灯笼在黑夜中微微摇曳着。

慢慢沿着桥儿沟的巷子往进走，黑夜也随着巷道变得狭窄起来，像是在形式各样的屋檐上挑了几笔浓润重墨，融了点灯笼里橘红色的灯光，再用笔尖染了点俏皮的红，墨染色艳，像是由上至下展开的卷轴画卷，缓缓出现在山城上空。

灯映人家，幽美如画。漫步在桥儿沟中，选个视野开阔的观景点，立足眺望，看着错落有致的房屋阁楼重重叠叠，鳞次栉比的小院亭台依山而上，流动的灯光好似一叶叶摇曳的红幡，巧妙地穿插在房屋拐角间，随着山势变化若隐若现，真是别有一番风味。

收回目光细看，在灯光的映照下，房屋处处层楼叠榭、各类雕梁画柱显得更加古色古香，就连窗棂上雕刻的线槽和各种花纹也都清晰可见。屋内有淡黄色的灯光，透过窗棂的花格，与外面的红灯笼相互呼应着，窗影在灯光下渐渐拉长，爬到对面房屋的墙上，留下一帘疏影，半窗灯黄。

偶尔听见从房屋内传出几声闲言碎语，像是一家人晚饭后的唠唠家常，又像是几个好友酒后的聊天谈笑。在这幽美如画的古街中，居民们有这让人无比艳羡的生活，既有画家的洒脱安逸，又有诗人的宁静诗意，只是他们自己也不知道吧，他们已经生活在画中。

灯映石路，细流处处。夜晚的桥儿沟无比宁静，青石铺就的台阶呈“之”字形。拾级而上，缓步慢行，灯光映染下，一个拐弯一处风景。偶遇行人踩着青石路的嘀嘀嗒嗒，风过树梢的簌簌唰唰，几声猫叫，几声犬吠，都回响在古巷深处，像是在画中聆听着轻柔的曲调，响在耳畔，留在心间。

青石台阶旁，有涓涓细流为伴，几处细流慢慢汇聚成溪，穿过庭院旁的树荫假山。它们也像这里的行人一样，迈着闲散的步子，时快时慢，蜿蜒间汩汩流淌，随着地势潺潺湲湲，就这样在溪流深处，青石路旁，绿荫树下，如同游吟唱客，吹拉着丝竹管弦，余音袅袅，缭绕绵绵。

夜渐深，人渐眠，走出夜阑人静的桥儿沟，仿佛是做了一场梦，梦醉在桥儿沟的俏妆红颜里，梦醉在桥儿沟的灯影朦胧中，好在这梦来得不算晚，虽错过春分仲夏，却让我在这个秋夜灯映下落了笔。

醉在漫山秋林里

总不知觉，在绵绵几场阴雨后，秋便来了。走路时，偶瞧树梢浅染，坐车时，忽见山林遍红，就总想去秋天里走走，留在秋天里看看……

终于在周末，有了些闲暇时光，恰好阴雨已过，暖阳普照，就趁着午后，一人顺着山间小路，走走停停，细细看看这漫山秋林。

抬头远望，蓝天相映，重峦叠嶂。一座座山在蓝天的映衬下，柔柔地勾画着自己的轮廓，起伏间停笔一顿，便是峭石堆砌的山壁，苍劲有力又显得那么洒脱自然。丝丝白云带着暖阳给的点点亮光，在山尖轻轻漂浮着，看着一座座山相互依靠着，左右交错，斜斜地落在地面上。

在山谷间，火红的栌木树丛就这样由下至上，从山脚一直红到山尖，像是给群山做了一个个红色花团，这一丛，那一簇，大大小小，形状各异，如同吟游墨客，穿了盛装，在山间留下了一道道耐人寻味的诗行。

暖阳就在这样的山间游走着，把山林的颜色层次照得更加丰富了。深绿的树丛像是沾了花青色，绿得深沉；橙黄的树丛像是点了藤黄色，黄得透亮；深红的树丛像是抹了胭脂色，红得艳丽。还有翠绿和浅黄，都聚集在秋林里，和暖阳一起染尽了层林，笔笔惊艳，让人称叹。

走在弯弯曲曲的山路上，看着山路在秋林间绕着半圆的环，灰白色的路面时隐时现，宛如穿在山间的腰带，逶迤盘旋。路面上也落了秋叶，一阵阵清风把那些黄透了的叶子吹起来，又落下，浅浅地在路上铺了一层，慢慢地，风又把它们送到了路边的沟渠里，松松软软地把路旁的沟渠填平了。

路旁的有些芦苇开了花，高高的芦苇秆笔直地挺立着，秆头的白色芦花吐出了一些绵柔的花絮，轻轻地在空中飘着，浮着。芦苇下的草丛里，盛开了很多不知名的野花，黄色的，白色的，小巧玲珑，层层叠叠地点缀在灌木丛中，高高低低，各有姿态。

有几只蝴蝶和蜜蜂在草丛间飞着，扇着轻盈的翅膀，一会儿亲吻着花蕊，一会儿又停在花叶上，采采这儿，采采那儿，左右逢源，毫不顾忌，好像这些花儿都是它们的。

静静地坐在路边的白石上，收回目光，往近处看，再看着路旁树林里那一棵棵被秋染红了的树。薄薄的树叶在午后阳光的照射下，显得无比清透，透得能看得见叶子上的经脉，在叶面上刻画着精美的花纹。这些椭圆的树叶有的向左，有的向右，你挤在我这里，我挪到你那里，让人分不清到底是谁的叶子了。

有些白色的树干在树丛中画着柔美的线，细细的枝条穿插在橙红色和黄绿色的树叶间，在叶隙间织起了密密的网，把一片片树叶连在一起，朝着蓝天，伴着清风微笑着。

几只鸟儿在树林里跳跃着，从这个枝头飞到那个枝头，像是在寻找熟透了的果子，偶尔响起清脆的鸟鸣声，在寂静的山林里回荡着……

走着，走着，看着，看着，慢慢地，我醉了。醉在蓝天，醉在清风，醉在暖阳，醉在这漫山秋林里，不知归路……

夜里的江，夜里的紫阳

早就听说紫阳是个好地方，我却从来没有来过，终于有了这次的机会，能去紫阳看看了。

绕了几座雾蒙蒙的山，跨了几座桥，过了几个隧道，紫阳县就出现在我们的眼前。满满的一池江水绕着半圆，江边一排排高高低低的房，都聚集在一起。楼房很多，但不凌乱，看起来错落有致，韵味十足。

依江，环山，灵秀，俊俏，像是在江边亭亭而立的少女，温婉地摆着裙角，这就是我初见的紫阳。

参加完会议，再走出来看紫阳时，暮色渐晚，街道两旁亮起了灯，橙黄的光照在不宽的街道上，街上的人群来来往往。路边的小摊卖着蜂蜜、橘子和一些吃食，各类商店和市场的商品琳琅满目，真是一座热闹又充满人间烟火味的小城。

都说想要看紫阳的夜景，就去县城对面的文笔山上去看。饭后，便约了几个好友，去文笔山上走走。过了桥，顺着渐陡的山路，走到了文笔山的广场。夜渐深了，广场上只有零零散散的几个游人。站在广场边，手扶在栏杆上，再看看对面的紫阳小城，又是另一种美。

江水是这座小城的镜子，平静的水面映着小城投下的光影，斑斓的光在江面上留下了长长短短的光束，随着江水缓缓地流动，又好像把这些光融合在一起，形成独特的色彩画卷。

画有橙黄色，碧绿色，蓝紫色，一束束，一排排，一面面，一直绵延至江心，拖着淡淡的影，让江水变得深邃而又梦幻，看着，看着，像是走入了另一个世界。

在夜晚的紫阳，看着那些从房屋透出的微光，像是被巧妙地安排在这座小城的各个角落。一个个碎小的光点，已经幻化成天上的星辰，细细密密的，围绕在江边。

再看，深深浅浅，浓浓淡淡的灯光，在这江边的半坡上织成一幅星云图，中间高，两边低，渐渐变小，慢慢消失在江边和天际。

偶有火车从紫阳这座小城走过，路过江上的桥时，列车擦着铁轨发出低沉的声音，像是应和着远处渔船的鸣笛。列车车窗里发出淡淡的光，在小城中央连成一条白色丝带，缓缓浮过。

我想，列车上的旅客肯定会向窗外看去，看着这在黑夜里，被灯光映染的江水，看着这独有韵味的小城，并希望列车会走慢点，他们能再看一下。

夜有些深了，我们下了山，然后睡下了。偶尔在窗外飘进几句紫阳的乡音，像是浅眠的紫阳在对我们说着晚安。

而我呀，要把这夜里的江，夜里的紫阳带进梦里，留在梦的港湾里，慢慢化作一首柔美的诗，等我醒来时，再去品味一遍……

藏在深山里的初雪

都说今年的第一场雪来了，我在这里却没有看到。远远望去，雪只是在山尖染了点白，轻轻地飘浮在还未落完的树叶上，蓬蓬松松的。

今年的初雪就是这么娇俏，我想见她，她总是不到这里来，只是送了些冷风给我，让人瑟瑟发抖。

我裹紧衣服，走到了外面的走廊上，想去看看雪是不是来了。可能落在高山处是雪，在这里就变成了雨，淅淅沥沥地落在地面上，形成了一个个大小不一的水滩。

初雪啊，她就这样藏在深山里，总是不出来，只是在山尖露出半点容颜，不一会儿还褪了去，让人牵挂着，让人想念着。

我想藏在深山里的初雪，应该是飘飘柔柔的，从来不着急落下，先在空中旋转着，画着优美的弧线，落在林中的枝头，轻轻盖住了未落的黄叶，就这样一片，一片，又一片，给树叶盖上了纯白的被子。

黑色的枝干上，一定也落下了一些雪，单薄的枝干变得厚重，树干的黑衬着雪的白，应该是白得透亮，白得浓烈。落在弯弯曲曲的枝干，雪也有了她的姿态，一枝枝组合在一起，形成错落有致的线条，在山间构成一幅幅灵动的画。

我想藏在深山里的初雪，应该落在了小路和田地里。田地里的白菜一定没有想到这次的雪，来得这么早。雪就这样淹没了她的身子，像是白白的棉花，洒在她的身旁，青绿色的白菜就这样穿上了棉棉的裙，拖着长长的裙摆，悠然在走在田地间。

小路上肯定白了一片，浅浅印上了行人的脚印。路边的一些石头肯定变成了厚厚的棉花糖，左一个，右一个，横横竖竖地放着。树上可能会有露水滴落下来，落在石头上的积雪中，形成一个个浅浅的水窝。

我想藏在深山里的初雪，应该落在了山里人家的小院中，房屋上的石板瓦上肯定白了一层，平整地铺着，包裹着屋里的温暖。屋里肯定早早地生了火炉吧，火星噼噼啪啪，蹿起的火苗让房屋不断升温，周围肯定围了一家人，火红的光映在人们的脸上，映在人们淡淡的微笑中。

火炉旁肯定还烤着孩童喜欢的吃食，可能是红薯，可能是土豆，它们在火的炙烤中散发出诱人的香味。会过日子的人，肯定还熬上了一锅好汤，排骨也好，羊肉更好，都是驱寒温补的好食材。一家人坐在一起，任由外面的雪就这样下着，落着……

我就这样想着，念着，在心中慢慢勾画出初雪的样子。可是，这初雪啊，比我想象的还要羞涩，不到下午，雪就融化了，她就这样走了，再也寻不到她的影子。

可能是时节未到，初雪要藏在深山里，慢慢地梳妆描眉，等我们再见她时，定是身着盛装，定是更美的模样。

山城的冬夜

大雪节气过后，天变冷了很多，听说高山上早就下了雪，落在这山城里，常常变成了冷冷的雨，时而在夜里嘀嗒嘀嗒地响着。

夜晚的山城静静的，从远处看，依山而立的楼房高的高，低的低，你靠着我，我靠着你，不留一丝缝隙。

楼房里发出各色的灯光，在细细的雨中糅合在一起，变得略微有些朦胧了，橙色淡了，紫色也淡了，像是在水中晕染开的颜料，用笔点在这里，画在那里。

雨水在地面上形成一面镜子，又把山城映在里面，映在水里的景物，已经被雨水淋湿了，本来高大笔直的楼房，在雨水中变得弯曲了。

各色的灯光像是被淘洗了一遍，却没有淘洗好，在雨水中融化了，红红绿绿，蓝蓝紫紫，随意地洒在地面上，这一滩，那一滩，浅浅地晃动着。

山城街道上行人变少了，偶尔走过的行人走得很快，打着雨伞，裹着厚厚的衣服，踏着急急忙忙的步子，一会儿就消失在街角。

冬天的雨滴滴落在街道两旁的树上，落在停在路边的车上，顺带把街道也洗得洁净。只是街道变得有些空荡，还有从街口灌进来的寒风，冷冷清清的。

偶尔向街道两旁的小店望去，一阵阵白汽蒙在小店的玻璃窗上，隐约看到店里人头攒动，好不热闹。

山城的街道旁，有很多这样的小吃店，似乎除了些烟酒副食类的店铺，便就是这些小吃店了。牛肉拉面、五谷渔粉、羊肉泡馍、火锅烤肉、各类面食小炒，不多远就有一家。

店面都不算太大，摆着八九张方桌，来吃饭的倒有不少，多是下班后的食客，算是对自己工作一天的犒劳吧。

一碗热面上桌，浓香的汤汁升起热气，轻吹一口，拿起筷子夹起顺滑的面条，吸溜入嘴，劲道的口感带着麦香，定能满足那空荡已久的腹。

拐了个弯，在街道旁，还能看到有些人撑着大伞，卖着些小吃。煎饼、串串、臭豆腐在火的煎烤中，散发出阵阵香味，辣椒和香料的味道也在空气中弥漫，慢慢赶走了空气中的冷冽，给冬天增加了一丝温暖。

雨还是细细地滴落着，似乎也覆盖不了这人间烟火味，飘着冷雨的冬，把人们聚在了一起，美味，酒食，好友，亲人，在冬夜里留下了处处温情。

慢慢地，街道上的行人更少了，偶尔驶过的车，在街面上留下一抹抹霓虹，慢慢又消散了。夜，更加静了；冬，好像又深了。

小镇的四季

几条山涧汇成的冷水河，到达这片腹地时，渐渐变得平缓起来，恬静的溪水像是踏过了千山万水回到自家一般，乖巧得像个孩子，为这个小镇添描了一幅温婉静好的四季画面。

春晨

许是因为这溪流的缘故，小镇才变得狭长起来，两条主街道依河而建，几座造型不同的小桥跨在溪流上头。作为连接两条主干道的小桥，在清晨总是不会闲着，过往的人群在小桥上，上演着不同的热闹，有挑着菜篮赶着早市场去买菜，有送孩子去读书上学，也有早起的人们，早早地站在小桥上，等着对面的山头掠出晨光来。

晨光是撕开薄雾，如同孩童的小手一点点伸进小镇来的，然后随手抓住河边的一个枯木枝头，揪出一两片绿芽来，接着又融了些河床旁草丛里的一些冰，先是土壤湿润了，而后汇集在溪流里，溪水变得欢腾起来，碰到河中的石头时，翻起一叠叠浪花。

小镇的人们依旧在忙碌着，叫卖吆喝声逐渐响亮起来，有些清闲的人已在街道迎光处泡好了茶水，撑起了椅子，享受着春天阳光带来的温暖。

远远望去，小镇周围山中的野桃花也竞相开放，像是一位位在枯木丛林中，摇着粉色碎花裙的惹眼姑娘，让人总想上前看上一眼。

也有爱花的人们拿着玻璃花瓶在溪中灌些溪水，去山中采上几束桃花插在里面，放在窗台中，构成一幅静谧画面。

夏午

等换了一个季度，被晨光揪出的那几片绿芽已变得壮硕肥大，只是被夏天的太阳烤得耷拉下了脑袋，一阵暖风吹过，山中的绿叶全都翻了白，在蓝天的映衬下像是跳出海面的白色鱼儿，欢快地吸吮着这夏天的味道。

在烈日下，两条街道变得少有行人，只有少数人躲在阴凉处，喝着冰镇汽水吃着西瓜。除了冷饮小吃店，其他商家的顾客变得极少，店主只好坐在宽大的竹椅上，拿着苍蝇拍悠闲地拍打着苍蝇，而那些本来繁忙热闹的人们，都去了哪里呢？

小镇上方有一个溪流汇集的浅潭，浅潭周围有竹林环绕，离公路近，多是夏天庇荫纳凉的好去处。喜水的人带着一家三口来到这里，嬉水玩乐，本来平静的水面被人们翻腾起来，打水仗，游个泳，或者是在水里打几个滚儿，好不热闹。

水中的热闹，吓坏了鱼儿，鱼儿胆怯地躲在石缝儿里，但仍然逃不过几个孩童的捕捉。稚嫩的几双小手在石头缝儿摸摸寻寻，好不容易抓到鱼儿的尾巴，鱼儿一个翻腾跳跃，狡猾地从他们手中溜走，只溅了他们一脸水渍。

这样的夏天，永远地承载着小镇人们金黄色的童年，如同我们永不忘却鱼儿在溪水中翻跳时，溅在嘴边的腥咸味道。

秋夕

小镇秋天的夕阳，像是唱了一首歌，缓慢轻盈的音符从山顶间传过来，惊动了几只飞鸟，照亮了几条山路。小镇四周的山林颜色渐渐变得丰富，早熟的几片秋叶如绿中红花，在山间开得格外艳丽。

人们总忍不住在这样的秋天里走走，新修的绕山公路变成了人们的休闲栈道，趁着夕阳还在，趁着时光恰好，带着好友家人，踏入这如诗的画卷。

绕山公路旁的几户人家屋顶，已升起袅袅炊烟，菜香飘溢在房屋前后的田地间，飘溢在山间的各个角落。

屋前粗壮的老榕树下，放着水泥砖砌成的棋盘桌面，两个老人戴着老花镜，在棋盘前思索对弈，孩童总是顽皮，信手摇了摇田地岸边的银杏树，几片金黄的树叶像是插上了翅膀，像蝴蝶般飞落在正在对弈的老人头上。

远处不知谁家地里的柿子又红了，秋风剥落了柿子树上所有的树叶，只剩下那红得像灯笼的果实安静地挂在枝头，预示着小镇的来年会有新气象。

绕了一圈儿后，躲在小镇后面的山中，看小镇又是一派新的景象，新盖的移民搬迁房整齐划一，蓝瓦白墙的房屋，在溪流岸边形成两条白色玉带，镶嵌在这秋天的夕阳中。

冬晚

小镇傍晚的雾，渐渐浓了起来，不知是水汽还是炊烟，把山上掉了叶子的树全藏在里面。慢慢地，高点儿的房子也消失不见，偶尔上空有几只倦鸟蹲在电线上闭着眼睛打了个盹儿，小镇的夜就这样来了。

小镇的冬夜是宁静的，刚暗下来的夜幕就被路灯点亮，柔和的灯光罩着来去的三两行人，把他们的影子拉着颀长。

出来的人，多是为了吃上面馆的一碗热面。面馆不大，却刚好坐落在镇中央，能揽括去往不同方向的行人，里面设施简单，地下放着木炭火盆，桌上摆着几把水壶和几叠杯子。来的面客多是搓着双手，围着火盆和熟人聊聊家常，等着热面上来时，能暖了一身寒气。

夜深时，除却几家晚关的店铺还亮着灯，路中的行人渐渐稀少，家居楼的窗户渐次亮了起来。在寂静的反衬下，溪流的声音又变得大了些，踩着霓虹和灯光的倒影，泛起粼粼波光，在缓缓地流动中，又像是画家的画笔，在镇中点缀着一幅斑斓油画。

溪流绕着小镇，从小镇的中心走过，它带着小镇走过每一个四季，如同我每天都走在小镇上一样，来来回回，往返周折，像是一生都走不完的旅程，需要用尽此生去陪伴。

雪染故里重重山

今年的雪，来得格外早，派了点儿寒风推开了年初的门，就簌簌而下。少了往年的娇柔媚态，除去了平常的扭扭捏捏，这一夜间，就给故里重重的高山，换了一身颜色。

雪给山间的树轻轻地披上了外衣，温柔地裹了一层又一层，感觉把树装扮得足够好看了，才慢慢像毛呢大衣一样蓬松地舒展在枝头。在夜里徘徊的露珠，也在雪的魅惑下，变成了长长的银冰吊坠，晶莹地挂在树枝上，长的短的，错落有致地在风雪中摇晃着。原本在冬天稀疏惨淡的树干变得充盈，立刻精神起来，杉树、松树、山竹、白杨，各有各的姿态，一丛丛的，一个个像是托着绵柔的云朵，翘首以待地迎着天空中飘下来的雪花。

雪还给山中的房屋盖上了一层厚厚的屋顶，雪白的屋顶衬着土黄色的墙，像是在历史中沉淀许久的古老民居，在风雪中别有一番风味。院子里的台阶、阳台都铺上了雪白的毯子，石桌、石凳都戴上了高高的帽子，地上还有几行脚印，左右排开，慢慢延伸到了屋内。

屋内可不似外面那么寒冷，地下的火炉冒着高高的火焰，不时还蹦出点点火星，把屋子照得格外亮堂。踏着雪印而来的多是远亲或者是近邻，大家都围着火炉，磕着瓜子、唠着家常，火炉上方的黑色吊罐冒着白烟，时时振动锅盖流出阵阵肉香，让人忍不住去猜想罐中是何美味。

火炉旁的铜酒壶热着好酒，在炭火的烘烤中，壶嘴也慢慢溢出了酒香。在下雪天偷得半日清闲，一桌好菜必不可少，几壶热酒在你来我往中更增添了几分温暖，吃吃喝喝，说笑无忌，管它外面是不是冰天雪地。雪呀，又像是隔绝外界的屏障，让人们相聚在一起，在寒冬中品味着只属于山里人的暖暖人情。

屋外白雪还在阵阵飘落，又盖住了那些来来往往的脚印，山间又恢复了寂静。几只鸟儿在雪地上蹦蹦跳跳、叽叽喳喳，还有雪打地面的沙沙声，都是响在耳畔的轻柔音乐，走在这样的山路间，捡根枯枝做拐杖，缓缓前行，漫望雪润十里路，管它是去路还是归程。

山路旁还有溪水叮咚轻响，周围的雪把一汪溪水映衬得格外碧绿，溪流上方的青苔还挂着冰坠，淅淅沥沥的水流像是春夜里的雨声，顺着冰坠滴滴答答，缓缓流淌。

溪边细长的树枝被雪压弯了腰，像是要喝水似的，在溪面上荡出一圈圈细小的波纹。随着溪流的曲曲折折，清澈的溪水像是一块块遗落在山间的镜子，顺着山路的蜿蜿蜒蜒，映着山间处处美景。

望着这雪漫山间，走走停停，在不知不觉中，雪把山中的树、房屋、山路、溪水染成一幅画，落款还写着：要问初冬何处有美景？最爱雪染故里重重山。

寸寸阳光

初春的阳光总是喜人的，让严寒都散了去，像是长了脚，钻进各个角落里，悄悄地留下一片片温暖。

上午十点多的时候，太阳就慢慢照进来了，我喜欢在这个时候，去找太阳。居住的楼顶是我要去的地方，那儿有一大块空地，可以搬一把藤椅，拿一本书，再端一杯清茶……

空旷的楼顶没有其他物品，只是住户在四周拉了几根绳，晾衣服用。勤快的住户已经早早地起来了，乘着好天气，把衣服洗洗，用盆子端着拿到楼顶上晒，这一件，那一件，不一会儿楼顶上就挂满了衣服。阳光从山尖照过来，罩在这些衣服上，在楼顶的地面投下窄窄的影，像是铺在地上的毛巾。

楼顶旁的围墙有些斑驳了，墙面开裂出了自然的纹理，横横斜斜，深深浅浅，好似抽象画，说着独有的言语。围墙下堆了些破砖头，在阳光的照耀下，也长出细细的黑影，层次不齐地朝外延伸着。

在阳光下，风也变得柔和了，路过的风轻轻地晃动着屋檐下的电线，细细的电线相互交织着，各自碰着头，好似在声声私语，又各自向远方伸展去，渐渐在视线里，细如游丝，消失不见……

坐在藤椅上，远远眺望，对面的山上还是一片枯黄。落了叶的树，还未生出绿芽，干净的树身光溜溜的。树林中的落叶，倒是铺了厚厚一层，绵柔柔的。

一根根树枝插在绵柔的落叶里，像是在酝酿着什么，可能是草芽，可能是绿苗，可能是一朵朵要在春天里盛开的花。落叶是棉被，阳光是行走在林间的播种者，洒下温暖的种子。

群山的头顶，一片碧空，浅蓝如绸，白云化作丝线，缕缕飘动，时离时散，变幻万千，一会儿又消失不见。

蓝天白云下，清风浮动了林间的树梢。枝条向四周伸展、弯曲、交错，缠成密集的网，把褐色的、白色的枝干都揉在一起，揉成一幅未涂色的画，生动、简单，又有些韵味。

有阳光的陪伴，真好！模糊的景色清晰起来，连周边的空气也变得清新起来。身在其中，无比舒适。

在阳光下坐久了，眼睛便迷蒙了起来，靠在藤椅上眯上眼睛。阳光像是在身上不断游走，在臂弯，在脊背，在脸颊，在心间……

不知眯了多久，睁开眼时，猛然瞥见楼顶角落的土堆里生出了一些绿苗。可能是早上的阳光没有照进来，没有瞧见罢了。

我起身，走近了看，是叫不上名字的草苗，散散地开了几簇。小小的绿叶间，还有几朵蓝白色的小花，煞是可爱。看来，春天已经来了，只是藏了起来，准备蓄力，彻底地给世界焕然一新。

我回过头，阳光穿透了藤椅间的缝隙，在书的封面上留下斑驳的光点，一寸寸，像是走了很久，才到这里……

故里味道

第二辑

微醉黄酒酿

黄酒是中华民族古老的酒种，我的老家白河也做黄酒，用苞谷米、大米或者是糯米做原料。以前人们把米看得比金还贵，总是用更为实惠的苞谷米来做。

黄酒一年四季都可以食用。加点麻叶儿、干饼，在坛里挖几勺黄酒糟，多半是自家的早点或者是正餐的开胃汤，味道酸甜，麻叶儿、干饼在黄酒汤的浸泡下也足够酥软爽口。

若是在黄酒糟里加几个自家的土鸡蛋，打成鸡蛋花或者是荷包蛋，再加点儿汤圆，也能用来招呼客人。结婚办喜事、生孩子坐月子更少不了黄酒，黄酒糟加红糖，可以帮产妇恢复身体。要是月子里有人来探望，也要给客人来一碗鸡蛋黄酒，喝黄酒慢慢成了我们这儿办喜事的特定习俗。

黄酒一般在冬天做，冬天做的黄酒储存的时间比较长。把酒曲按照一定比例拌进蒸熟后的苞谷米中，放入坛中，用黄泥密封好坛口，随着时间慢慢发酵，十几天之后苞谷米就有了酒味。

除了黄酒糟的美味实在让人不能忘却以外，让我记忆更为深刻的还有黄酒酿。

黄酒酿就是从黄酒糟里慢慢渗出的酒水。夏天一到，气温逐渐升高，冬天做的黄酒已经发酵得足够长久，气温更像是黄酒的催化剂，坛中的黄酒糟也因我们的日常食用，被挖出一个能看见坛底的小坑来，黄酒酿就像是一滴滴羞涩的泉水，慢慢从四周的酒糟中渗透出来，汇聚在坛底。

我家酒坛小，坛底汇集了两勺左右的黄酒酿，母亲在给我们煮黄酒的时候，盛了半勺叫我尝尝，并说不能多喝，黄酒酿也能醉人。我拿起勺子看了看，这黄酒酿呈淡黄色，比水要黏稠，像是熬煮久了的稀饭。再轻轻地抿了一小口，有酸酸甜甜的味道，带着浅浅的酒味，没有白酒那样灼口，轻柔的，绵长的，像是舒缓的轻音乐，慢慢经过喉咙。

从那以后，我便喜欢上了这黄酒酿的味道，常常去看坛中的黄酒糟酿出黄酒酿没有，有时候背着母亲偷喝了一些，若是喝多了有些微醉，头晕晕的，便去躺床上睡上一觉。

后来，家里很少做黄酒，要是做的话，就用蒸熟的大米做，只做一小塑料罐，随做随吃，少了时间的发酵，自然没有了黄酒酿，小时候的味道也慢慢忘却。

直到有一天，和朋友去湖北十堰。十堰的街头饭店里，放着房县黄酒，用小塑料壶装着，朋友说，这就是我们老家的黄酒酿。我便来了兴趣，向店主买了一小壶。

壶身有简单的包装，写着大大的“房县黄酒”的红色字样，大概有一斤左右的样子。我觉得甚是奇特，小时候无比稀缺、只在坛底有一两勺的黄酒酿，在这里居然有如此之多。朋友说，这房县黄酒有些历史，在我们老家，只是习惯把黄酒和酒糟放在一起喝，这里是把酒糟酿成了酒的样子。

看到隔壁桌上的本地人，把黄酒酿当啤酒喝，一杯接着一杯下肚，毫不含糊。我取了一个杯子，倒了一杯，迫切想尝尝小时候的味道，一杯下肚还没尝出是什么味道，肠胃里便有了烧烧的感觉，和朋友喝了几杯，头便晕了起来。

我说，罢了，就喝这些吧，多了就真的醉了。朋友也说，酒也有酒的境界，微醉是最好的，像人生，知足而乐，适可而止，恰好适度，方可乐在其中。

听了朋友的“金句”我不禁点了点头。是啊，酿黄酒，黄酒酿，黄酒就这样不知不觉融入到了我们的生活里，也体现在我们的人生中，像它的味道一样久远绵长，每每想起来，总是微微一醉。

芭蕉甘萝汁

许是小时候的日子过得苦，人们常常牵挂一切关于甜的东西，就算喝口白开水，也要加点白糖，说是能治心慌。比起大人们的白糖水，我们小孩所喜爱的“甜头”却在那芭蕉树上。

芭蕉，常常出现在各朝各代诗人的诗词里，带着雨滴化作诗人的忧愁，寄托着诗人浓得怎么也化不开的思念。而我家乡的芭蕉，只是种在庭院旁最寻常的东西罢了。家家门前都有一两株，村里人种芭蕉不是为了观赏，也不是为了吟诗作对，唯一的用处就是芭蕉叶子大，蒸馍的时候可以垫着蒸笼，起到蒸布的作用。

芭蕉好种，也不挑土壤，在别家的芭蕉树下，剖出个小苗，随地一栽，过上几年，就能变成一丛，郁郁葱葱的，像是姑娘飘舞的裙摆。在近处看，芭蕉树叶像蒲扇一样向四周散开着，中间的叶子却是微卷着，高矮不一地错落着，虽然不美艳，但也不遭人嫌。

我们小孩子哪里会嫌弃它啊！天天站在芭蕉树下仰望，看看那叶隙间有没有结出甘萝来。我们嘴里所说的甘萝呀，其实就是还未长成的芭蕉果。它常常穿着黄绿色的外衣，身子是椭圆的，头尖尖的，外形就跟菠萝差不多大，小小的芭蕉花就藏在里面。

可能是地理气候的缘故，我们家乡的芭蕉是长不成的，只能长成小指头那么大，还未成形，就自然脱落了，那么这甘萝就成为我们独有的美味了。

甘萝总是高高地挂在芭蕉树的枝头，我们那时的个子矮小，摘甘萝要费一番工夫，够不着，就搬块石头搭脚，还不够，就找一个带钩的木棍把它钩下来。好不容易摘下的甘萝，拿在手里沉甸甸的，一群孩子围过来，你推我抢，这里面可是有比蜂蜜还要甜的东西啊，自然谁也不让谁。

后来达成共识，每人分一层，这才慢慢把甘萝掰开。剥开甘萝的外衣后，在底部有一排整整齐齐的亮黄色花苞，花苞里面藏着一股晶莹剔透的汁儿，这便是我们所说的"甜头"了。

掰下一个小花苞，倒立轻放在口中，一股甘甜、清香的汁儿就从花苞中慢慢流出来，经过舌尖弥漫到整个喉咙，浸润着整个心田。许是这甘箩带有自然的味道，总比糖水要甜润。

可是一层十几个花苞很快吮完了，舌头尖儿还未甜够，就得给下一个人。望着别人再剥开一层，里面还有，越到里面花苞越小，汁儿却更清甜。就这么个甘萝啊，够我们一群小孩都尝个遍了。

后来很多年没回去了，那甘萝汁儿的味道也只能留在童年里，家乡那棵芭蕉树，冬变黄，春又绿，伸出的枝丫一茬又一茬，硕大的芭蕉叶下常常藏着两三个甘萝，却总是脱落在荒草之中，无人过问。

搬了家以后，父亲又在房屋旁边种植一棵芭蕉树，几年后便结出了甘萝。

虽然触手可及，我却没有去摘它，闲走的时候常去看它，看它在清晨里，挂着露珠，看它在傍晚时，迎着晚霞，看它那黄绿色的外皮一天天自然撑开，露出那黄色的花苞来。看得久了，那甘萝里面像是藏着记忆的影子，在微风的摇曳中甘甜依旧，清澈如初。

山中竹笋鲜

要是说春天里我最期待的味道，莫过于家乡山中的野竹笋了。家乡的野竹笋和外地的有些不同，是细毛竹的笋，只有手指头那么粗，因此无比细腻爽口。

盼竹笋，先要盼盼春雨。竹笋常常伴着几场春雨拨开落叶，露出地面，在竹林里探出一个个尖尖的小脑袋。

竹笋的外表可不怎么好看，像是披着红褐色的蓑衣，如同麻衣破衫一般，再普通不过了。可轻轻地撕开它的外壳，里面是一小节一小节的鲜绿。根部的绿要深些，节节向上，颜色渐次变淡，竹节也依次变小，到了头顶上，全是淡黄的细嫩竹绒，柔柔软软的。

想要尝一尝竹笋的味道，就要这样一层层地剥开它的外衣，只留下光溜溜的碧绿的身子，有的长，有的短，装满一箩筐。

脱完衣服，就要给这些竹笋洗个热水澡了。用大铁锅煮一大锅水，水开时，就把竹笋都倒进铁锅里。大火下，水泡不断地沸腾，在水汽氤氲中，竹笋更显得碧绿，通身像是晶莹剔透的碧玉，光是这样的色泽，就能轻易地打开人的味蕾。

被煮过的竹笋可听话了，软绵绵的，放在盆子里，一根根地摊开凉凉，慢慢又变成金黄色，等待着人们品尝它的鲜嫩口感。

家乡竹笋的吃法有很多，清炒、煮汤、腌制，搭配腊肉等经典食材，好像无所不能，随便怎么吃都是春天的味道。还可以把竹笋晾晒成竹笋干，天然的阳光蒸干它内部的水分，晾干的竹笋能一直能保存到来年，吃起来也很有嚼劲儿。

我吃过比较独特的竹笋做法，“竹笋腊肉黄金焖饭”算得上是一种。记得那年大学毕业回来，错过家乡好几年的春，也有好几年没尝过家乡竹笋的味道了。

母亲从山上找了不少竹笋，煮好切成小节，再把腊肉剁成小肉丁，和玉米糁炒在一起。随着不断翻炒，锅里的暗红色的腊肉溢出油滴，带着淡黄色的竹笋，在金黄色的玉米糁的包裹下，慢慢飘出独有的饭香，弥漫在整个厨房里。

三种独有的食材在滋滋作响中，相互融合，又相互保留自己独有的味道，闻香观色，让人胃口大开。

母亲做好后，我早已迫不及待地盛上一碗，碗里再浇上一些辣椒。吃上一大口，口腔里满是腊肉的肉香，竹笋的鲜嫩，还有玉米糁独有的颗粒质感。久未尝到的味道，在这碗“竹笋腊肉黄金焖饭”中一一呈现出来，别提有多满足了。

很多人不知道，竹笋凉拌起来也很好吃。把煮好的竹笋撕成长长的细丝，也可以搭配些面筋、粉丝、胡萝卜等常用食材。再放姜、蒜末、花椒、适量酱油和醋，在撒上熟白芝麻和辣椒面，用香油淋在做好的笋丝上，慢慢搅拌均匀，独有的美味在多种香料的混合中缓缓而生。

凉拌竹笋吃起来特别爽口，可以最大限度地保留竹笋的鲜嫩，细腻的纤维感更有家乡竹笋特有的味道，是别处的竹笋无法替代的。

竹笋是大山的馈赠，就这样伴随着我们一年又一年，我们逐渐长大，而味蕾却像个孩子，一直留着对竹笋的依恋，从始至终都未曾改变。

烧青皮核桃

童年的暑假像是一个时钟，漫长却有许许多多的欢乐，印象中我们一群同岁的小伙伴满村子跑，不畏惧艳阳，也无所谓汗水，反正每个角落都有属于我们的快乐。

后梁子的小爷家便是我们常去的地方，小爷勤快，院旁种了许多果木，而那棵有些年岁的老核桃树，也在这盛夏时节结出硕大的青色果实。

若是等核桃自己破壳成熟，要到九月开学以后了，我们总是等不住，总想着上树去摘那青皮核桃。

小爷脾气不好，不喜欢我们在他院子里折腾，尤其是摘那未成熟的核桃，总觉得我们是糟蹋了。我们哪里会听他的话，趁他中午睡觉的时候，便有了偷摘核桃的打算。

选两个会爬树的小伙伴，脱了鞋，攀着粗大的树枝，小心翼翼往上爬，摘到了就往下扔，站在树下的我们撑开衣服接着。要是有摘不到，就用竹竿轻轻地打，硕大的青果儿慢慢落下来，滚在草丛中。可是再谨慎，也能惊动小爷的午睡，几声起床时的咳嗽声，惊得我们急忙收拾战果，一哄而散。

回到我们经常一起玩耍的聚集地，每人分了四五个像鸡蛋大小的青皮核桃。通常我们吃青皮核桃的方法有两种，一种是用石头砸，可是未全熟的核桃皮和核桃核儿不易分离，砸出的青汁常常溅到手上、衣服上，怎么也洗不掉，挨了几次大人的打骂后，我们便学聪明了，经常采用第二种方法，用火烧。

一群人分头行动，有的回家偷拿火柴，有的去树林里捡拾干柴，有的用石头围起简单的小火炉，忙得不亦乐乎。

等火烧了一阵后，我们纷纷把自己的核桃扔进火堆里，用火灰把核桃盖住，随着高温的炙烤，一个原本青翠的核桃果变成深黑色，上面还冒着气泡，似乎还有些清香飘来。

用木棍戳一戳，感觉火堆里的核桃有些软了，就可以用木棍夹出来了。被火烧过的核桃青皮很容易去掉，轻轻一剥，皮就脱落了，露出深褐色的核桃核儿，圆滚滚的，核儿身上的沟壑上还有细小的青丝。脱掉了绿色厚衣服的核桃，显得煞是可爱，小巧玲珑，在手中把玩着不肯放下。

可是终究忍不住嘴馋，用石头对着核桃尖轻轻一砸，饱满的核桃就分成了两瓣，露出了核桃仁，再慢慢去掉核桃壳。当完整的核桃仁拿在手中时，并不是成熟后的黄色，白白嫩嫩的，像刚出锅的豆腐脑。成熟后的核桃仁上原本有的苦涩的皮，在这核桃仁上只是一层薄薄的膜，轻轻一拨就掉了。

可能是经过了火的焖烤，又有天然的青皮包裹，把核桃所有的果香味都留在了核桃仁里。放入嘴中的核桃仁无比香脆，唇齿间没有一点儿苦涩，留在舌尖的既有淡淡的果香，又夹杂着火烤后的熟食香，再加上核桃原本的温软酥香，真的叫人无法忘怀。

许是留恋那舌尖上的核桃香，许是害怕小爷知道了我们的劣迹以后再也偷不到核桃了，许是害怕这个夏天过去了就不会再来，我总是舍不得吃掉手中的最后一个核桃。我把那个核桃清洗干净，连上面的一些青丝也要一一清除，放在书桌上，就算知道可能有一天，因为我的玩劣粗心，它会滚落不见，也依旧没有吃它。

想是因为对童年生活的念想吧，就算是长大后十几元钱能买到大堆的核桃，也吃不出原来烧青皮核桃的味道。

后来才知道，那厚厚的青皮包裹的不只是核桃仁，还包裹着我们回不去的童年，而这些童年里的平凡小事会组成记忆的长线，横七竖八地躺在脑海中，占据着偌大的空间，在漫长的时光里发酵着特有的味道。

夏日里的烤苞谷

我常念记老家烤苞谷的味道，虽然它算不上是美食，只是寻常人家里摆不上桌面的寻常食物，但我总是在炎热的夏日想起它。

小时候，家里人总在房前屋后的空地上种上一块苞谷，大人们是为了在大热天喝上一碗清甜的嫩苞谷籽儿，而我们小孩子却更加钟爱烤苞谷。

烤苞谷要自己去地里掰苞谷棒。中午的阳光炙烤着大地，苞谷秆却青绿绿地挺立在微风中，腰间那硕大的玉米棒左右晃动着红须，像是在引诱我们。我们几个小孩也不怕热，穿着拖鞋短裤、光着胳膊就往屋后的苞谷地跑，谁家的苞谷个儿大就掰谁家的。掰的时候还把苞谷的绿外衣撕开一道缝儿，用手掐一下，沾些苞谷汁儿，放在嘴里吮一吮，看苞谷粒儿香不香甜。

烤苞谷一般用自家的灶火，在做午饭的时候，让大人们把苞谷放在灶洞的红火灰中。我们可等不了大人们做午饭，如果村子里有一两户人家正在烤烟，那整天不熄灭的炉火，总能聚集我们这帮烤苞谷的孩子。

烤烟用的火塘大，能容得下我们所有人的苞谷棒，不必把苞谷棒放到火塘深处，就排列在火塘口，用火钳给它们翻几个身，上面饱满的苞谷粒儿就在强火的灼烤下变得金黄。也有的苞谷棒放得太久了，被大火烧得焦黑，黑乎乎的，被我们戏称为《隋唐演义》里的“胡敬德”。

烤苞谷要趁热吃才香甜，刚从火塘里拿出的苞谷异常烫手，于是就找来一根筷子，或者随手在木柴堆里捡一根细木棍，插在苞谷芯里，拿在手里，像是拿了个大号的冰糖葫芦。

如果不是很饿，稍微文雅一点儿的吃法是在苞谷棒上开一条路，用手把苞谷粒儿一颗颗抠下来，用双手搓掉苞谷粒儿上的黑皮，这才送入嘴中。

可是，我们每次总是快速地拿出苞谷棒，随随便便地拍去上面的灰尘，就迫不及待地送到嘴里，像刷牙一样直接啃起来。然后牙齿上、嘴唇边、舌头尖全是“胡敬德”留下的黑色颗粒……这烤出来的清甜、醇香味道，一直回荡在我们的口腔里，封存在我们的笑容中。

后来搬了家，家家住着小洋楼，做饭都用更为方便的煤气，没有人烤烟，更没有人用柴火灶，就算有些农家地里的苞谷长得再饱满，也很难吃上一口烤苞谷。

前几年在西安求学，街头巷口也有人吆喝卖烤苞谷，刷油、撒调料把苞谷当作鸡腿烤，颜色烤得黄澄澄的，苞谷粒儿烤得油滋滋的，口味更是多种多样，吃起来反而没有小时候的味道。

几天前闲逛时，看到小镇上的一家烧烤店的烤苞谷特别红火，许多人排着队等着吃烤苞谷，好在店家没有放任何佐料，烧烤架上的木炭火不小不大，把苞谷烤得嫩黄。看到人们满足地拿着烤好的苞谷棒，还不时地抠下几粒，送到自己孩子的口中，我又想起了小时候的烤苞谷。

现在人们的生活变好了，烤苞谷算不上是什么好东西，只是我们都想通过它，唤醒我们久未开封的味觉。时光和记忆是最好的调料，就像我永远记得粘在牙齿上的“胡敬德”，永远记得夏日里的烤苞谷的味道。

紫色阳荷姜

我所眷恋的这个味道是紫色的，在盛夏时节才出来。

在农村的夏天里，能吃的时令小菜本就不多，菜园里的豆豆、青菜、黄瓜，吃的时间长了也就腻了，大人们都觉得寡淡，更别说挑食的小孩子们了，于是，阳荷姜的独特味道，便成了我在夏天里唯一的念想。

小时候，父亲知道我们爱吃阳荷姜，就在菜园子里的堤岸下种了些。岸边土厚，阳荷姜的枝干长得粗壮，叶子也生得肥实，远远看去，一丛丛深浓的绿叶朝着四周散开着，如同孔雀的屏。

叶子生得再好，我也是不满意的，怎么光长叶子不长阳荷姜呢？我心急，总想着去看看，却害怕叶丛里有蛇，只好用细木棍去拨开它的根部，粗略地看了看，还是没有。

心里仍有不甘，我隔一天就去看一次，仍然没有生出阳荷姜，有时候我不耐烦了，甚至用木棍打落了它的叶子，发泄心中的不满情绪。它仍是无所谓的样子，就这样生长着。

过了两天，父亲淡淡地说："今天中午吃阳荷姜。"我惊奇地问："哪有阳荷姜？"父亲笑了笑不说话，拿着一个小竹篓就到了菜园子里。我好奇，也悄悄地跟着父亲。

只见父亲把阳荷姜下的杂草都清除掉，顺着阳荷姜粗壮的枝干往下找，轻轻拨开盖住枝干的土，便看见了一个深紫色的小尖儿，手顺着小尖儿轻轻一扭，再往起一提，一棵大拇指般大小的阳荷姜就出来了。这下我明白了，原来阳荷姜藏在土里，被土盖住了，是我走马观花，没发现罢了。

父亲继续挖，土硬的时候，就用竹棍轻轻一挑，几乎每棵枝干下都有，有的甚至有两个，不一会儿，大大小小的阳荷姜就装满了一竹篓，有的比酒杯口还要粗。竹篓里的每一个阳荷姜都挺饱满的，一层裹着一层，中间圆润，两头尖细，紫色的深浅也不一样，渐变到根部时，已变成白色。

看着母亲把父亲挖回来的阳荷姜洗净，然后切片，掺了点青椒清炒，紫色的阳荷姜在翻炒中，颜色变得更加清透。当放在餐桌时，油亮亮的紫色阳荷姜在各类青菜中，有点鹤立鸡群的感觉，一看就让人有了食欲。

小时候的我，阳荷姜倒吃得少，我更加钟爱的是盘子里渗出的阳荷姜汁儿，把那紫色的汁儿拌进米饭里，一颗颗饭粒会染成紫色，嚼咽时，口齿间都是阳荷姜的鲜香美味。

上了大学后，偶尔和室友聊起阳荷姜这道菜，西安的、山西的、河北的竟都没吃过，这才慢慢知晓，阳荷姜是巴山深处酿出的独有美味。

前几年，父亲在山上老家挖了些阳荷姜的根，栽在新家的院子里。新家院子里的土比较贫瘠，阳荷姜长得慢，叶子也没有老家的肥硕，枝干显得消瘦，干旱时，还有点儿发黄，但枝干下还是长出了一些阳荷姜。

这是我惦记的味道，我常常去看阳荷姜长出来没有。只要看到它稍微冒出一点儿尖儿，我就用竹棍去挖，每次能找到十来个，虽然都不是很大，但能勉强凑成浅浅的一盘。

长大后，不只是爱吃阳荷姜的汁儿，更懂得细细品尝这道独有的美味。夹着薄薄的阳荷姜片，放进嘴中，脆脆的，又有点儿纤维感，虽然叫姜，但没有姜的辛辣，有的是山间野菜独有的爽口和清香，在口腔里久久回味。

只挖了几次，立秋以后，阳荷姜便不再结了。只留下那枝干和叶子，在深秋和初冬里枯萎，又在仲春和初夏里发芽，然后慢慢生长，且繁衍得越来越多。

我所眷恋的味道啊，就酝酿在这夏天里，它常常把自己的果实藏在土中，其貌不扬又无比独特，不经意间，就把它的根扎到我们的味蕾里，然后随着我们的年龄渐长，越来越深。

记忆中的山药味道

我的老家在陕南巴山腹地，气候温润，植被葱郁，盛夏时节，青山连绵不绝，远远望去，一座座散落的村庄像是漂浮在绿色海洋里的小舟。

优良的生态给植物提供了很好的生长环境，在老家村庄周围，总能看见一簇簇尖角心形的野山药叶，绕着粗壮的藤蔓爬到树枝上，一派生机勃勃的模样。

我家屋后也有一株野山药，就在自家菜地的石岸边。也不知什么时候生长在那里，发现它的时候，已是无比茂盛，粗壮的山药藤布满整个石岸，富有生机的绿叶填满了岸中大大小小的缝隙，就这样延绵数米，似乎颇有些年头。

小时候，我和伙伴们常在屋后的菜地旁边玩，喜欢摘山药叶，插在头发上，或戴在两耳间，像是一个个心形的发夹。

有一次，我们发现山药藤叶间结出了一个个小果儿，麻黄色，椭圆形，外形就像土豆，只是比土豆小得多，只有指头那么大。听有的玩伴说，这山药果能吃，我们摘了好多，但是我胆小，总不敢入口。在众多玩伴都试吃后，我耐不住他们的唆使，尝了一小口，没有想象中那么难吃，里面是乳白色，吃起来清清脆脆的，可能是生吃的缘故，舌尖还略有点微麻。

后来我才知道，山药果中含有丰富的维生素以及胡萝卜素，还有镁、钙、铁、锌、铜、锰、钾、磷、钠、硒、碘等微量矿物质元素，对人体是有益的，但像我们那样生吃还是不对的，应以蒸煮为主。

除了摘那株山药上的果儿，我们还挖过那株山药。几个玩伴从家里拿来大人锄地用的锄头，翻腾岸上的泥土，拼尽力气移开砌岸的石头，可是山药长的比我们想象的还要深，汗流浃背地把岸拆了一半，才看见山药的影儿。

山药像一根木棍似的，带着深黑色的泥土，弯弯曲曲地在石头缝儿中钻来钻去，土黄色的身躯上根须满布，扎附在石头上。我们也知道把这株山药完整地挖出来是不可能的，就掰了裸露在外面的一小节，虽然不及整株山药的十分之一，但也足够让我们高兴了，便欣欣然地回了家。

看了被我们拆得支离破碎的石岸，总少不了父亲的吵骂，父亲又把石头砌回去，把我们掰过的山药裹在里面。母亲则把我们带回来的山药削了皮，切成块，蒸在米饭里。

许是那天的米饭有山药的缘故，变得格外香甜。蒸熟的山药净白剔透，毫无杂质，入口后绵软无比，齿间还留有淡淡清香，让人回味无穷。

人长大后，总是挂念小时候的味道，去市场买菜的时候，总喜欢买点儿山药。

山药是药，可以益胃补肾，聪耳明目，助五脏，强筋骨；山药是菜，煲汤、清炒、蒸煮，无所不能。这种“食物药”就在我们身边，帮助我们强健体魄，也扎根在我们的记忆里。

香脆的油渣子馍

过年杀猪的时候，等收拾好大肉块以后，母亲就开始炼猪油了。灶中的大火一直烧着，锅里的白色猪油块渐渐缩小，猪油也慢慢熬了出来。用勺子把锅里熬好的猪油舀出来，放在油桶里进行冷却，一边炼，一边舀，舀完后，锅里就剩下一些油渣子了。

熬完猪油后的油渣子，是金黄色的，一块块，小小的。虽然它叫油渣，可这渣并不是无用的东西，绝对不能扔。用漏勺把油渣子舀起来，冷却放凉，母亲要装到袋子里面，放在碗柜里，给我们留着。

杀完猪的年前年后，总是不愁肉吃，吃猪血、熬排骨，还有猪蹄和猪头，墙上还挂着两个肥肥的猪屁股呢。等这些都吃得差不多了，一般都快到夏天了，菜里没肉时，我们才会想起，碗柜底下那袋放了好久的油渣子。

好在油渣子在熬完猪油后，容易保存，不会坏。油渣子怎么吃？它毕竟太腻，不能单独吃，我们这一般都是做成油渣子馍。

“今天中午给你们炕油渣子馍吃。”我等母亲这句话，已经等很久了，甚至有些忘了油渣子馍的味道。母亲和面的时候，从碗柜里拿出一些油渣子，包在面里，还放了些葱花，然后用擀面杖把面做成一个个圆圆的小饼。

柴火灶的锅大，一锅能炕四五个油渣子馍。在锅里淋了一些油，再把面饼放进去，随着灶火不断炙烤，慢慢地，饼的表面变得金黄。

面饼里的油渣子里还会冒出一些油来，慢慢渗到面饼里面去，催发着面饼里的麦香。里外两面的油把面饼烙得滋滋作响，待至面饼的两面都变成金黄色时，油渣子馍就可以出锅了。

母亲用筷子把烤好的馍夹起来，装到白瓷盘子里，一个个摞起来，摞得很高。馍的表面油喷喷的，金黄黄的馍上面，还有青绿的葱花来点缀，让人一看就有食欲。我早就等不及了，伸手去拿，却被烫了回来，只好拿纸包住，再往嘴里塞。

油渣子馍要趁热吃，朝着有油渣子的馍边，一口咬下去，熟透的麦香味带着飘散的白汽在口腔里回旋，被麦香包裹的油渣子已经变得无比酥脆了，油渣子的酥，面的软，还有我久未尝到的肉味，都糅合在齿间。一阵狼吞虎咽，一个馍很快就下肚了，让人无比满足……

后来家里有几年没养过猪，吃的猪肉也是去市场买些，母亲也没有再炼过猪油，自然也没有油渣子了。母亲也经常给我们做油馍吃，放葱花，放芝麻，也很好吃，但馍里面少了些油渣子，还是感觉缺了点儿什么。

母亲总是说，一大家子人光靠买的那点儿肉，怎么够啊，菜里没有半点儿荤腥。于是，母亲又叫父亲在菜园旁，用水泥砖垒起了一个猪圈，母亲又开始养猪，过年的时候杀了猪，我们又开始吃猪血，熬排骨……

已经不记得，有多长时间没有吃过油渣子馍了，因为自己已经长大了，不会去吵，更不会去闹，炼完猪油后的油渣子，常常放在柜子里的最里面，母亲也忘了。

前段时间，母亲把柜子里的那袋油渣子摸索了出来，说给我们做馍吃。现在有电饼铛，做馍可比之前简单多了，和面，做饼，饼里放些油渣子，再放到电饼铛里，几分钟馍就做好了。

电饼铛里做出的油渣子馍依旧香脆，依旧好吃，只是我已经不像以前那样贪吃了，学会了细细地嚼，细细地品味，细细地回想那记忆中的味道……

山中有李杏

那时候的夏末，大人们总是忙着割麦和打麦，而我们一群小孩子，就到处跑着摘苦李子和野杏子。

在我的家乡，山大树多，野生的果树也不少，哪片树林有哪几棵野果树，我们都是清楚的，甚至哪棵树上的苦李子和野杏子好吃些，我们都知道一些。

离得近的一棵苦李子树，长在堂哥家的菜地里，这棵苦李子树长得真巧妙，就长在菜地中间的土堆子上。以前没人注意，以为就是一棵小刺树，忽然有一年，结出了苦李子，这可太让我们高兴了，再不用东奔西跑去找其他的苦李子树了。

从这棵苦李子树结出青果儿的时候，我们就跑去看它，看着这些青果儿哪天会变红。青果儿是不能吃的，又苦又涩又酸，能酸掉大门牙。

可苦李子又不会一下子就变红，先从青绿色慢慢变成淡黄色，变黄的苦李子更加透亮了，像是晶莹的葡萄。就这样，还要再等几天，等几个骄阳，就有一部分苦李子先变红。等到每颗苦李子都红透是不可能的，我们可没有那个耐心，只要红透了半边身子，我们就去采摘。

小时候，我们都是爬树的高手，没人教我们，都是嘴馋促使的，因为先红的果子永远在高高的枝头，不爬树就吃不到嘴。可是，苦李子树并不好爬，树上有刺，像大头针一样的刺，一不小心就会扎到手和脚。

这棵树不大，只能爬上去一个人，每次都是经验丰富的堂哥爬上去，摘到较红的苦李子扔给我们，我们站在树下，把衣服做成兜儿，一颗颗接着。

再怎么说，苦李子都是野果子，一些苦和涩总是难免的，有些红透的苦李子我们在采摘的时候就吃了，我们把还没完全熟透的苦李子放在家里的陶罐里，盖上盖子，有时候还加点儿白糖，过几天也会变软变红，吃起来就甜多了。

野杏子树不像苦李子树那么小，它长在我家梯地旁边的树林里，已经很高大了，树干有洋瓷碗口那么粗，枝条伸开，形成巨大的伞，那一个个黄橙橙的杏子，就藏在椭圆的树叶下。

这么大的树，大人们是不要我们去摘的，每次都是大叔爬上树去摘。有的地方摘不到，他拿着一根长竹竿，用竹竿把杏子打下来。随着竹竿一阵敲打，黄杏子就滚到地面上，树林的地面上有一层层落叶，也不担心杏子会摔伤，最多掉点儿皮，也会不影响口感。

我们就负责在地上捡杏子，把一个个掉落的杏子捡到竹筐里，当然，还要迫不及待地尝上几个。杏子上会有细细的绒毛，那就用手搓一搓，再轻轻一掰，杏子就成了两半。

半熟的杏子很清脆，带着酸；熟透了的杏子是软绵绵，带着微甜。有人喜欢吃酸的，有人喜欢吃软的，这全凭个人的口味。吃完后，我们还习惯把杏子核儿带回家，埋在屋后的地里，希望再长出一棵杏子树呢。

小时候的我们总是这样满怀期待，因为没有地方去买水果，也没有钱去买水果，就特别惦记着这些随着季节出现的野果，还有秋天出来的五味子、八月炸，都像是大山送给我们这些孩童的礼物，虽然带着一些苦涩，但依旧让我们迷恋，更让我们怀念。

山中那些李杏呢？可能早已不在，也有可能依旧藏在树林里，悄悄地生长，成熟，然后落下……可记忆中，李的红，杏的黄，永远那么新鲜，像是童年里永不褪去的色彩，澄净，明亮，富有光泽。

一碗米汤

母亲把淘好的米放进锅里时，想了想又多添一瓢水，然后蹲坐在灶口旁，用火钳把灶里的火烧得更大些，细小的火星顺着青烟腾起，灶里发出噼噼啪啪的声响。

我坐在厨房的门凳上，靠在木门上，斜望着灶里冒起的一缕缕青烟，肚子里空荡荡的。晌午的太阳很是毒辣，蝉在树上嗞嗞嘶嘶无聊地叫着，像是没完没了的唠叨，让人越来越来颓气。我渐眯着眼，想要睡了。

母亲依旧忙碌，锅里的米饭已经煮得很响了，热气让锅盖跳起了舞，左右摇动哐哐作响。母亲用抹布包着锅盖的把手，掀起锅盖，热腾腾的雾气一股脑儿地冲出来，飘散在火灶上空。一颗颗米粒在锅里直冒泡，发出低沉的闷响，入锅的净水在熬煮中，已经变成乳白色了。

母亲在碗柜里拿出了一个浅绿色的洋瓷碗，绕着锅边撇开白沫，轻轻地用铁汤勺舀起来，一勺，一勺，上面的米汤凝成了丝带，顺着勺口滑落到洋瓷碗里。然后，母亲又在案板上扭开装有白糖的罐头瓶，用白瓷勺挖了一勺糖，放进洋瓷碗里，还用勺子顺着碗底搅拌几圈。

“来，先喝碗米汤。”母亲叫我。我睁开迷蒙的睡眼，接过洋瓷碗，根本不用勺，就大口大口地喝起来。乳白色的米汤迅速充满空饿的胃，米汤凝结的丝带滑过喉咙，甜软的味道充满口腔……

这似乎是颇为久远的画面，可是我却常常想起。童年里米汤的味道随着时光的消逝，渐渐变得若有若无，像是流进血液里的点滴药水，藏匿在身体的各个角落。

依稀记得那时候，母亲很忙，做完地里的农活已经到中午了，收拾家务，喂好牲畜，再去生火做饭，我们能吃到饭就到午后三点多了。母亲总是怕我们饿着了，在这之前，总是跟我和妹妹先盛碗米汤，让我们垫垫肚子。

久而久之，米汤好像就成了我们饭前的营养品，喝碗米汤就饱了一半，正式吃饭时，随便扒两口饭菜，就没心没肺地跑着去玩了。

慢慢地，村子里通了电，家庭条件也变好了，母亲去镇子上买了电饭煲，插上电，不到二十分钟米饭就好了，我们再也不用等着、饿着了……却也在不知不觉中，再也没喝过米汤了。

小孩的胃，也是善变的，有了更好吃的东西，便渐渐忘了之前的味道，于是，米汤的味道也渐渐在记忆里消散了。

前些年的时候，父亲重新装修厨房，便按照母亲的意思，装了柴火灶和煤气灶两用的新型厨房。父亲在老家弄了些柴火，卤肉、蒸包子都用柴火大灶去做，做米饭、炒菜还是用电饭煲和煤气灶。

有次好像是停电了，电饭煲是不能用了，母亲说，中午用柴火灶做米饭吧。于是就开始洗米入锅，白色的米粒躺在渐小的锅底里，在净水的浸泡中，像是一口深邃的井。

随着灶膛里的火渐渐燃起，银白色的铁锅盖慢慢晃动起来，母亲打开锅盖，用锅铲把还没煮熟的米粒抚平整。

“水好像有点儿多了……”母亲嘀咕着。

“饿没？先喝碗米汤吧！”母亲叫我。我愣住了！多么熟悉的一句话，好像童年里的记忆被母亲的话带回来了。是的，就是母亲的这句话。是的，就是饭前的那碗米汤。

我在碗柜找来了白瓷碗，白瓷碗没有小时候的洋瓷碗大，母亲舀了两勺就满了。一碗白糯糯的米汤无比清透，细嗅一下，还有淡淡的米香。像小时候一样，我找来勺，放了一勺糖，搅拌中米汤变得更有黏度，稠稠的，汤勺舀起来，挂起细长的丝。

端着这碗米汤，浅抿一口，还是小时候的味道，细腻，微甜，也像是母亲那句温暖的关怀。

书包里的零嘴儿

在我小时候，是没有多少零食的，顶多就是父母给上五毛、一块钱买些方便面或者汽水，像饼干、糖果之类的零食，过年的时候才有。上学吃的那些零嘴儿都是母亲做的，换着花样做，为的是让我们少花点钱，为的是不让我们饿着。

在我们村里上二年级的时候，要走上三四里地，早上去，下午回来，学校也没有午饭，全靠书包里的那些零嘴儿了。

那时候，母亲给我们常做的零嘴儿，就是干馒头片。母亲在周末蒸馒头的时候，总是多蒸几个，在我们要上学的时候，就把馒头切成一厘米厚的薄片，放在锅里用油煎至金黄，凉凉后，一块块给我们装在白色小塑料袋中，放在我们的书包里。

原本无味的白馒头被母亲煎炸后，变得金黄，变得酥脆，细嚼时，还能冒出油来。最好吃的是，配上我们储存的方便面调料，撒上一些在馒头片上，细细的调料颗粒附在馒头片的表面，轻轻咬一口，香辣的口感加上馒头块本来就有的酥香，吃完还舔舔嘴角，一副意犹未尽的模样。

随着回想起那馒头片的味道，我又想起我和堂哥做过的一件傻事。那时候，我们都觉得馒头片好吃，天真地以为，等别人吃完了我们再吃，肯定会引来别人的羡慕。于是在上学的时候，我们把馒头片藏在上学路上的石缝儿里，等着放学的时候再吃。

在学校里，我们就这样饿着，看着别的同学吃着零嘴儿，只能舔舔舌头，吞吞口水。同时，心里也窃喜着，在放学的时候，其他人都饿得发慌了，而我们拿出我们的零嘴儿，那别人该是多羡慕啊。

期待着，期待着，终于放学了，终于走到我们藏零嘴儿的石缝儿中，我们迫不及待地拿出我的干馒头片，哪知蚂蚁顺着没绑紧的袋子缝儿，爬进了袋子里，馒头片上爬了满满一层。没想到我们都舍不得吃的零嘴儿，最终却便宜了蚂蚁。

等上了五年级，我看到别人吃炸米粒，一颗颗金黄金黄的，咬起来嘎嘣脆，我也想要。母亲以前没做过炸米粒，问我是什么样的，然后听了我一番稀里糊涂的解说后，就试着做。

先用熟米做，炸出来是揉在一起的，像是饭团，不是一颗颗的。再用生米做，虽然炸出来是一颗颗的，但却是生的，吃不成。后来，母亲把米饭锅巴捣碎，再用油炸，终于做出来了我想要的炸米粒。

母亲腾出一个装白糖的袋子，把炸好的米粒放进袋子里，封好口，放在我的书包里。走在上学的路上，我早早地拿出袋子，倒出那一颗颗椭圆的米粒，捧在手心里，慢慢放到嘴里，齿间的米粒香已经难以形容我自豪的心情，更为重要的是，别人有的，我也有。

上初中后，书包的零嘴儿就更多了，有的时候书没装几本，全装的是吃的。有时候是母亲炒好的酸菜和豆酱，因为能留的时间长，母亲都会给我们备两罐头瓶子，到学校里，自己用煤油炉子下面条吃。我常上火，吃不得菜籽油，母亲还会在我的书包里放上一小瓶香油，嘱咐我吃面的时候滴上几滴。

有的时候父亲出去打工，母亲也会做些零嘴儿让父亲带着。这时候母亲做的零嘴儿大概是我最期待的，那就是纯瘦肉干。

母亲在父亲走前，会煮上一个大猪排骨，煮熟后，把瘦肉都剔下来，再在锅里放油，加些红辣椒，慢慢用小火把瘦肉炕干。晾好的熟肉干，一块块平平地放在竹筐上，朱红的瘦肉干上，还有细细的肉丝分散开来，碎小的辣椒点缀在上面，一阵阵肉香总是让我忍不住先偷吃几块。

母亲分两个袋子装，大的袋子给父亲，小的袋子也给我装一些。父亲出发前，还打开我放在书包里的袋子，再给我分几块。再多的瘦肉干，好像都不够我吃，没过几天就吃完了，只能期待着，下次母亲再给父亲做瘦肉干的时候，自己能分上一些。

我上大学的时候，母亲还给我做了一次瘦肉干，我说外面都能买到，不用做，已经上大学了，不要那些零嘴儿了。母亲还是坚持给我做一些，说是带给宿舍里的同学尝尝。

本来以为那些大城市的同学会嗤之以鼻，没想到那么受欢迎，不一会儿就被同宿舍的、隔壁宿舍的瓜分干净，连瘦肉渣都不剩，都说好吃，从没有吃过。那时候，我才慢慢知道，这是母亲给我的专属零嘴儿。

有时候我在想啊，书包真是一个神奇的东西，一直伴随着我走在上学的路上，从小学到大学。而那些书包里的零嘴儿，慢慢变成书包皮上泛黄的油渍，印着我贪吃的嘴相，印着回不去的童年，也印着母亲的期盼。

去山中酿一盏清酒

在陕南白河县，踏着316国道沿着冷水河往深山里走，有个叫柳树的村庄，我从小就在那里长大。

山里的村子不比别处，没有平原那么密集，稀稀散散地落在半山腰上。按照老人们说，山脚阴冷，山尖风大，住在半山腰是最好不过了，阳光充裕，粮食也长得好。

多年前，政府支持开荒，乡亲们用炸药、雷管、钢钎开垦出不少梯地，像女娃戴的围巾一圈圈地围着山头。我们村里人喜欢在自己的梯地种甘蔗，这里种的甘蔗没有南方的食用甘蔗那么粗壮，倒有些像北方的高粱，细秆直立，头尖顶着红穗，所以又称为甜秆儿。

这种甘蔗在村里人的眼里是宝，好似一年的生计都靠它似的。有时我们小孩去地里偷吃几根，少不了挨老人们的谩骂，说今年又要少几斤好酒了。

我不知道用甘蔗酿酒这种工艺是谁传下来的，小时候也不以为然，总觉得每家都会酿酒，这算不上什么稀奇事，长大后去了外面，才知道这种酒，只有我们那儿才有。

酿这种酒所需要的酒糟，是把地里的甘蔗用刀剁成一寸左右的小节形状，再用小麦、玉米等粮食的发酵物和剁碎的甘蔗进行搅拌。然后把酒糟深埋于地窖中，地窖口要用黄土密封，等待着酒糟发酵出酒香。

酿酒多是在腊月，用的是蒸馏酿酒法。酿酒的人们在自家的梯地岸上搭起灶后，要准备两口铁锅，一口是地锅，一口是天锅。地锅就像做饭一样，填满水放置在灶上，在地锅的锅口放好木质蒸酒缸，把酒糟倒在蒸酒缸中，再放上天锅。

酿酒必用的蒸馏器，多是自己用木头做的，中间的圆盘中，要用刻刀刻成一条条小道，小道上的划痕方便酒的流动。酿酒的时候，把蒸馏器斜插在蒸酒缸中，到时候酒从这里缓缓流出来。

酿酒开始后，要锯好木柴，生大火。木柴要选用树林中耐烧的树木，锯成 70 厘米长的均匀小节，烧完以后还可以做成木炭，在寒冬里用来取暖。

生火时一定要旺，不能间歇，火候掌握着这缸酒的品质和数量。在大火的蒸腾下，木缸中带着浓厚酒香的酒糟，会变成水蒸气在天锅的锅底汇聚，然后变成酒滴，通过蒸馏器流出来。

蒸酒缸上的天锅要不停地添冷水，保证锅底的水蒸气冷却，变成酒滴。这是酿酒中最重要的步骤，自然也是最辛苦的步骤，看似很简单的动作要重复很久，也恰是这种动作的重复，才会酿出更好的美味。

随着火越来越大，蒸酒缸中的蒸腾作用，蒸馏器口中细长的酒流出来，像一条白线一样，缓缓地流进接酒的器物中，接酒器物口要用一块干净的白布盖着，起到过滤杂质的作用。

而后，那条白线越来越粗壮，酒越来越多。一开始流出的酒，度数很高，得有六十五度左右。随着蒸腾，度数会越来越低，这才适合人们饮用。这时，酿酒的人都要品尝下自己酿出的新酒，看是否顺口，是否清甜。

酿酒时，酿酒的主人都会准备好一个小酒杯，若是有客人来，主人便拉着客人来尝尝自家的新酒好不好，还会拿出一些冬天的散食，花生或者芝麻糖，给客人下酒。这种礼节，很多年都没变过。

剩下的酒，会放到自家多年放酒的酒坛里，等着时间把它酝酿出更醇香的美味。很多人说，人的一生就像一坛酒，而我却觉得，我们的一生都像是在酿一杯酒，是苦是甜，酿出来，喝下去，才知道。

又到柿红时

母亲说要回趟老家，做些柿饼给我们吃。我才想到，又到柿红的时节了。

小时候，我们老家有不少柿子树，常常长在门前的梯地边，似乎没有人刻意去种它，它就这样长出来了。高大的树干枝丫重叠，似乎比我们的年龄都大。

我常常看着那些粗壮有力的树枝，弯弯曲曲地伸向蓝天。心里想着，枝上的那些柿子什么时候才会变红？我什么时候才能吃到这些柿子呢？

我们这里柿子的吃法有很多。当柿子变得有些青黄了，母亲会摘下来一些，这时候的柿子是硬硬的，味道也很涩，不能直接吃。母亲会把这些青黄柿子放在陶坛里，进行腌制。

腌制柿子需要时间啊，十几天以后才能吃，但仅仅只是有点甜而已。我们一般把柿子腌制到过年以后，那时候的柿子已经被腌制成橙黄色了，变得软软的，那酸酸甜甜的味道，清爽微辛的口感，值得让我一直去回味。

等到了深秋，柿子变成橙红色，绿色的叶子衬着那些发亮的小红灯笼，一个个沉甸甸地挂在树枝上。母亲又会摘下一些橙红柿子，这些柿子还是硬的，所以在够不到的地方，母亲就用竹竿敲打，一个个圆溜溜的柿子滚在地上。

我帮着母亲把这些橙红柿子捡到竹篓里，顺带捏捏，看看有没有已经变软的柿子，我能偷着吃上几口。可是，这时候的柿子，软的还是少，勉强入口，仍旧带着些涩涩的味道。

这些橙红柿子被母亲拿回家，然后去了皮，要做成柿饼。削了皮的柿子，要用粗白线把柿子的果蒂穿起来，再一串串地挂在窗户下的土墙上。随着阳光的照晒，慢慢蒸发出柿子内部的水分，柿子里的果糖也会随着日晒，慢慢渗出到柿饼的表面，再等到冬天打霜后，形成一层白白的霜，这样的柿饼才好吃。

不管是腌柿子还是柿饼，我总是吃不到嘴，我总是要等……可是小时候的我啊，是最害怕等了。我常常看着那坛口紧闭的腌柿子，看着那高高挂着的柿饼，像是站在枝头等食的雀儿，就这样想着，惦记着……

母亲也知道我们嘴馋，做柿饼的时候，会留下那些柿子皮。然后把这些柿子皮放在竹筐里晾晒，柿子皮被晾晒两三天后，就变成一个个小卷，若是气温低，也会结上白霜。

母亲一边晒，我们一边吃。在竹筐里抓一把，就塞到嘴里。那一个个小卷甜甜的，还带点沙沙的口感，确实让我的嘴馋病缓解了不少。

冬天到了，柿子树上的叶子都落完了，枝头上还有一些柿子留着呢。到这时，柿子才是真正的红透了，有时候还有鸟雀飞来，在熟透的柿子上啄了几个洞。这时候，母亲会爬上树，给我们摘那些红透了的柿子。

透红的柿子红得艳丽，红得喜庆，让人无比喜爱，拿在手上软软的。轻轻剥开薄薄的皮，露出丝滑的果肉，一口咬上去，甜蜜蜜的，丝滑的汁儿润着喉咙，这就是我心心念念的味道。

我已经忘了有多久，没有吃到那种红透的柿子了，可能是在童年里，那些一直渴求的味道才是最美好的，长大以后就变得淡然了。

只是，我还是会常常看着那些柿子树发呆，看着它就这样不急不慢地酝酿着美味，在秋天里穿着盛装，又受得住冬天的清冷与苦寒，饱经风霜后，才会化作人们永远惦记的味道。

炸出来的过年菜

母亲在快过年的时候，都要用油炸出一些过年菜，留着祭祖用，留着做年夜饭，留着正月来客人了吃。

做过年菜，首先要做的肯定是红薯圆子，这是我们这儿常见的一道菜。红薯要选好的，甜的，在锅里蒸熟后，去了红薯皮，再把红薯捏碎，搅成糊状。

糊状的红薯中要加入一些面粉，慢慢添加水，把红薯和面粉搅在一起，红薯、面粉、水三者的比例要合适，不干也不湿才可以。

调和好了以后，就开始搓圆子，用勺子挖一勺做好的料，放在手上搓一搓，一个圆溜溜的红薯圆子就做好了。

把圆子搓好后，要在锅里倒一大锅油，烧热后进行油炸。白色的红薯圆子滚在油锅里时，周围冒着小泡，发出嗞嗞啦啦的响声，滚了几个来回后，红薯圆子的表面慢慢变成了金黄色。

这时，母亲用漏勺把锅里的红薯圆子捞起来，放在盘子里，稍微凉上一小会儿。在这时候，我已经蹲守在厨房里，迫不及待地想吃了。

拈起一个红薯圆子，拿在手上，轻轻咬上一口。金黄的外皮被油炸后，是酥脆的，薄薄的。红薯圆子的里面是亮黄色的，还冒着丝丝白烟，红薯和面粉充分融合，在油炸的高温下，变得糯糯的，很有弹性，甜，却不粘牙。

这样的红薯圆子，母亲常常要炸一箩筐，再吃的时候，就放在蒸笼里一蒸，就能上桌了。

除了炸红薯圆子，母亲还会炸其他的过年菜，比如发面块，用发酵过的面炸，炸出来的发面软软的，像是面包。

除了这些，母亲还会炸土豆丝、萝卜丝，都要掺些面粉，炸至金黄。有一年，母亲还给我们炸了一次苹果粒，把苹果切成一小块一小块的，掺着面炸出来，酸酸甜甜的，也很好吃。等做完这些后，过年菜已经够多了，一箩筐一箩筐地晾在那里，把不宽的灶台摆得满满的。

可是这些还是不够，母亲还要给我们做一道过年吃的零嘴儿，那就是麻叶儿。

母亲和了一个面团，将面团放在洋瓷盆里，打了一个鸡蛋放在里面，放了一些盐，再不停地揉。

揉好了以后，母亲将面团放在案板上，用擀面杖擀成长方形的薄片，再把薄片切成一小块一小块的菱形面叶，就开始下油锅，进行油炸。

这锅油已经炸过很多东西了，油虽然慢慢变少，但也留下了食物的酥香。当一块块菱形的面叶下锅时，沸油的煎炸，使面叶表面冒起了泡，不一会儿，面叶就像是长了肚子，身子变得鼓鼓的。

油是食物最好的上色剂，赋予面叶金黄色的外衣；油是食物最好的催熟剂，让软软的面叶变得酥脆，也让普通的面叶变成好吃的麻叶儿。

出锅的麻叶儿很脆，相互碰在一起，还叮当作响。一大盆麻叶儿两头尖尖，中间鼓鼓，像是金黄色的小船。这可是我们整个正月的零嘴儿啊，酥酥脆脆的口感，嚼着咯吱咯吱地响，留下满嘴的香。

后来日子越来越好了，随便一张罗就是一桌子好菜，再也不用把面换着花样炸过年菜了。我们也不缺零嘴儿了。

那些炸出来的过年菜，母亲在厨房里忙碌的身影，从腊月二十就开始的年味，还有我们的嘴馋，以及心里的欣喜与期盼，都变成淡淡的影像，猛然一想，才会落在心头。

吃口青绿绿的菜苔才叫过春天

冬春交替的时节，农村的菜园里总是一片萧条。枯的藤，荒的草，横七竖八地躺在菜地里，等着春耕时，人们才去收拾。

过年的肉食吃得够多了，总觉得腻，菜园里常用的青菜又未出来，这时候，人们便想起菜苔来。我们老家的菜苔倒不用刻意地去种植，只是冬天吃完的白菜别挖掉，在菜园里留着些白菜叶和白菜根，气温回升后，白菜心里就自然地长出青绿绿的菜苔来。

白菜心里长出的菜苔粗粗的，圆圆的，左右两边的茎上，还生了几片草绿色的小叶。这样的菜苔长得很快，从菜心中掐掉一支，过几天又从旁边长了出来，所以，在这个时节，菜苔便成了我们的主菜了。

母亲做菜苔的方式有很多，刚出来的菜苔很小，也很鲜嫩。母亲就到菜园里摘了一箩筐小菜苔，用清水洗净，进行焯水，给我们凉拌着吃。焯水后的菜苔软绵绵的，菜苔身上的绿色更浓了些，母亲把这些菜苔都夹进盆子里，再准备凉拌菜苔的调料。

凉拌菜苔的调料是很关键的。葱姜蒜、盐、味精依次放入后，还要放一些红辣椒，然后淋一点儿自家榨的香油，再用长筷子进行搅拌。搅拌后的绿菜苔沾上了各种调料和辣椒，颜色上青青红红的，让人很有食欲，再加上香油的调和，菜苔更有了明亮的色泽。

凉拌菜苔适合大口吃，母亲刚把一大盆拌好的菜苔拿上桌，我们就每人夹上一大筷子，放到嘴里。轻轻地咬，柔柔的，满是菜苔鲜嫩的汁，还有辣椒的香，香油的润，感觉整个春天都藏在嘴里。

再过一些时日，地里的菜苔长大了些，母亲就清炒菜苔给我们吃。

这时候，摘回来的菜苔有小拇指那么粗了，还长了些分支，头上还有些未开的花苞。清炒菜苔，也不必放其他特别的调料，大火翻炒，油盐入味后，就可以出锅了。

清炒后的菜苔，并没有因为失了水分而减了腰围，家用的盘子，十几根肥硕的菜苔就摆满了，一根根地横放着，还摆得老高。比起凉拌的菜苔，清炒的菜苔少了一些柔，带着少许脆。把一整根青苔放到嘴里，在咀嚼中将蔬菜的清香留在口齿间。

可能其他的菜苔还带着野菜的苦味，但是白菜里长出的菜苔没有一点儿苦。即使不用焯水，清炒出来也只有蔬菜的鲜香，还有些微甜的汁儿，从菜苔里渗出来，让人不停地回味着。

等着花开后、绿芽出来的时候，地里的菜苔就变得有些老了。这时候母亲也会把稍嫩的菜苔摘回来，给我们做汤喝。稍老的菜苔耐煮，放在汤里久煮也不会变形，菜苔头上还有一些即将开放的小黄花漂浮在汤里，煞是可爱。

菜苔做的汤也很好喝，能够清除胃里积攒的油腻，饭后喝一碗，口腔里清清爽爽的。在早上，喝一碗菜苔汤，也是一个不错的选择，搭配上一些馒头，吃得清清淡淡，一整天都过得舒舒服服。

等到菜园里的菜苔彻底长高了，开了花，就没人吃它了。等到春耕的时候，这些菜苔会连花带根都拔了去，腾出地，再去种别的蔬菜。可是，它曾在我们的饭桌上出现了一个月有余啊，变换着味道，让我们在少菜的时节，能够恣意地品尝着春天的味道……

故里记忆

第三辑

村井

一

只要是离河较远的山村，吃水都会成为乡亲们惦记的大问题，但凡在石头缝儿里渗出了点滴水源，都会被乡亲们想办法砌成井，好在大自然从不吝啬，多少都会挤出一些乳汁，分给辛勤劳作的村民们。

记得小时候，我们村子里常用的有三口井，恰好分布在村子里的左边、中间、右边，供应着二十多户人家。因为路比较平坦，我们家吃水常去左边的那口井。

左边的那口井在一个山沟里，像是山在起伏中故意留下的缝隙，不经意地甩下了一汪清水。可能就是因为这口井的存在吧，这条山沟就叫作水井沟。

水井沟的这口井倒也不大，就在梯地岸下，大小就像是做饭的铁锅，圆圆的外形并没有用石头砌，只是吃水的人们简单地挖了一个圆坑，旁边还生了青草，映着井水，形成一汪碧绿。

井里的水是很清的，没有丝毫杂质，透亮如同镜子，能够清晰地看到井里的细沙和石子。井水在多的时候，常常溢出来，又在下方形成了一个大点儿的井，下方的大井有木缸口那么大。小井的水给人吃，大井的水给牛羊用。这样互不干涉，也比较卫生。

挑水用的木桶和扁担几乎是家家必备的。扁担上有铁挂钩，一头挂一个木桶，一次挑两桶水，就够做一顿饭了。有时候父亲和母亲忙，常常叫我和妹妹去水井沟打水。那根扁担对于瘦弱的我来说，就太重了，挑上两个空木桶，随便一晃，就把我甩个踉跄。

常常是我和妹妹用扁担抬一桶水，用扁担把一个木桶放在中间，摇摇晃晃地走向水井沟。水井沟离我家大概有半里地，由于村里人经常去挑水，黄泥路面已经被踩得很平整了。将近有一米宽的路面，在村里算是好走的大路了。在这样平坦的路上抬水，其实不费力。

路中间还有几步台阶，被大人们盖上了石板。在上台阶时，妹妹个子矮，走在前面，我个子高点，走在后面，我还要用手扶着木桶，不能让木桶的水洒出来。就这样摇摇晃晃把一桶水抬回家，虽然慢了些，但多少能给大人们减轻点儿负担。

二

我记得有一年大旱，水井沟的那口井和村里右边那个井都没水了，本来水汪汪的井见了底，村子里的人都到村中间那口井打水。

这口井是在一小片毛竹林下，周围都是梯田，水源足，能明显地看到一股细线般的泉水往外涌，不一会儿，便汇成一滩。可在干旱的时候，终究抵不住你一桶，我一桶，常常供不应求。

我记得有好几天，母亲喊我们在夜里去打水。去这口井的路可没有去水井沟的路好走，要穿过一片大竹林。竹林里的竹子又粗又高，竹叶繁密，联想到电视剧里常会在竹林中出现妖魔鬼怪，总给人一种阴森的感觉。竹林里还有很多竹鸡和鸟雀，路过时，常常惊动它们，它们扇着翅膀，发出奇怪的叫声。

竹子冒出的竹根也常常伸到地面上，常常绊到腿，一不小心就会摔跤。同时又是上坡路，路面也不宽，白天都不好走，别说是晚上了。凌晨三点的时候，母亲叫醒我和妹妹，要跟着她一起去打明天做饭用的水。母亲挑着木桶走在前面，我帮忙拿着手电走在后面。家里没有多余的木桶了，母亲就给我们找装酒用的塑料壶去装水，我用十斤的壶，妹妹用五斤的壶。

那几天，即便是夜晚，也有几户人家来打水。等着别人打完了，母亲和我们围在井边等着，等到那涓涓细流勉强汇聚成一小滩，就用葫芦做的水瓢去舀。手电发出昏黄的光，照在井水里，已经分不清水是否清澈了。

母亲先把我们的壶装满，再把自己的桶装满。往回走的时候，依旧是母亲走在前面，我们奋力提着壶走在后面，有时候实在提不动了，就扛在肩上，壶里的水来回晃动，发出咚咚的响声。

过竹林的时候，听到竹林里细尖的鸟叫声，或者有细微的动静，母亲总是安慰我们说，别怕，马上就到了。我心里是不害怕的，想的是明天有水做饭吃了，不用渴着、饿着了。

三

村里的大人们终于意识到缺水的严重性，住户这么多的村子没有一口大井怎么行？于是组长建议，乡亲们一起修一口大井。经过商讨，大井的选址就定在村中间那口井附近，最重要的原因还是水源足，还可以兼顾灌溉梯田。

那时候开荒修地或者是建公用性的设施，可以去镇上领取炸药和雷管。组长委托父亲把炸药领回来，就准备开始动工。开始挖井的时候，每家必须出一个男劳力，母亲和婶娘们都帮忙做干活人的伙食饭。

开工挖井那天颇为壮观，虽然没有现代用的大型挖掘机械，但父辈们把自家的工具都拿来了。锄头、钢钎、凿子、锤子、铲子、箢篼，每家每户都拿了至少有六七种。挖井的二十多人被分成了两队，一队出土方，一队开山石。

父亲挖井的时候，我常去玩，看着出土方的父辈们用石灰画出井的边线，然后绕着四条边线，一锄头、一锄头地挖，再把挖出的泥放进篼篼里，一篼篼、一篼篼地倒进田里。

开山石也不轻松。我看着父亲用细长的钢钎在石壁上凿洞，一寸一寸地凿，然后用大耳勺掏出洞里的泥灰，有时候还要加水，一点一点地把洞凿到一米多深。石壁上的几个洞凿好后，父亲在洞里放入一定比例的炸药，然后插入雷管和引线，准备进行爆破。我一直不知道他们是怎么进行爆破的，父亲不让我靠近，当听到轰隆隆的爆破声时，我已经躲得很远了。

坚硬的山石爆破后，全部坍塌下来，变成了一大块、一大块的石条子。父辈们还要把这些石条子抬到井边，两个人抬一个，用两根钢丝线把石条子套住，用粗木棍抬。天气热的时候，父辈们常常裸着上身，我们清晰地看到木棍压在他们肩膀上的印痕，像是染色的红花，在一点一点地扩大。

水井的土方出完后，父亲们就用抬来的石条子砌井，石条子大了，要用铁锤锤开，长了要砸短，碎石渣随着一锤一锤地砸，不断地飞向各处，石条子上也留下一道道锤凿的印痕。慢慢地，井四边的石岸紧贴着土方一点点垒高，一点点砌起来。为了方便乡亲们打水，井里还砌了台阶，从井底一步步延伸到井口。

井终于建好了。四四方方的井，等边的宽有四五米，深有七八米，就这样镶嵌在村子的正中央，旁边包裹着梯田，像是村子的眼睛，是泉眼。我害怕这口大井，又喜欢这口大井。虽然井的水还没有装满，但也有一两米深的样子，我看井的时候，只敢站在井边，害怕自己会跌进去。我们这帮小孩也特别喜欢这口井，常常去山下的河里抓来几厘米长的小鱼，用空玻璃瓶装着，站在井边，把小鱼倒进井里，还幻想着这些小鱼会在这个大井里长大，长到像饭桌上的鱼那么大。

村里的大井修好了后，父亲又在屋后的山梁上修一个水窖。村子通电后，父亲用水泵把大井里的水抽到水窖里，再从水窖里牵出水管，引到家里。对于我来说，这太神奇了，再也不用去那么远的地方挑水了，轻轻扭下水龙头，清透的水柱就一涌而出，再也不用担心水不够用了，这水想用多少就有多少。

四

几年后，我上了初中，我们也搬了家，从村子里搬到了河边。每天听着河里的水哗啦啦地流，倒忘了那时候吃水的艰辛了。慢慢地，村里的好多人也有搬到了镇上，村子里只剩下四五户人家了。

这期间我也偶尔回到村子，井还在，只是周边生了杂草，井里面满是青苔，还有几根枯树枝漂浮在上面。人少了，有些离得近的小井都能用，这个大井像是被荒废了。只是在冬天酿酒时，需要大量用水的时候，人们才会想起它，用粗大的水管抽它的水，它似乎毫不在乎，隔了几天，水又满了。

前几年，村里重修了梯地，除了留下的住房，其他地方全部都砌上了堤岸，一道道整整齐齐的堤岸，从山下延伸到山尖。村里变了模样，水井沟不见了，村子右边的那口井也不见了。

我朝着村子中间那口大井的方位看去，哪有井的影，只有一亩亩梯地，我想大概是在这次重修梯地中毁掉了吧。后来，从父辈们那里得知，那口井还在，只是又打了水泥盖，给它盖上了水泥帽子。

今年，在脱贫攻坚中，为了提升农户的用水质量，保障用水安全，镇政府还在村子里修建了水厂。新修的水厂在村庄的上方，远远看去，就看到“姚家湾水厂”五个红字，水厂的外墙还粉刷了白灰，墙头贴着琉璃瓦，对于乡村来说，已经很气派了。

父辈们说，水厂的水源还是那口大井，用水泵把水抽到水厂进行过滤和净化，再送到村民家中。困扰我们多年的吃水问题，终于解决了，依托的是国家的精准扶贫政策，依托的是那口大井。

我今年三十岁了，那口大井至少也有二十年了，二十年的时间似乎能改变很多事，而那口井一直还在。它像是一个见证者，见证着我们从艰难走向幸福，见证着我们的日子越过越好。它又像是一个记录者，记录着村子里的岁月更变，记录着我们的成长光影，也记录着乡村的时代变迁。

屋顶上的老瓦

父亲和叔父们商量，要把老家屋顶上的瓦翻盖一下。

老家的房子很久没住了，瓦也老了，被风吹日晒了多年，有的碎了一半，有的缺了角，从屋檐上掉了下来，摔成碎片。

毕竟它为我们遮风挡雨了这么多年呀，你还记得吗？我小心翼翼地拾起老瓦的碎片，看着碎断的印痕，问着自己。

别看这一片片的小泥片，建土房可少不了它。在那时，土房上盖屋顶，要么用石板，要么用泥瓦，我们村里没有能开石板的石材，只能用泥瓦了。

从我记事起，在我们家山梁后，就有一个烧瓦烧砖的火窑。窑很大，窑口的直径和一间大房屋那么多，也很深，约有一丈多深的样子。

这座窑平时不怎么用，我们常去那里玩。绕着窑口跑着玩，也无比害怕会掉下去。窑的正下方有一个窑门，窑门很宽，虽然被砖头封住了些，但我们小孩稍微费点劲儿，也能钻进去。

窑里面许是很久没烧砖瓦了，长了一些杂草，有时候还有积水形成的小水塘，有一些青蛙在里面跳来跳去。

窑的附近还有一个小水潭，这个水潭是一处细流泉眼汇聚而成的，周边都是很厚的黄泥层，水中含有泥浆，所以水潭的水也常年是浑黄色的。

窑、水潭、黄泥就这样构成了制作瓦的必要条件。那时候，我们家要做一批瓦，父亲请村子里会做瓦的大叔来做，他给我们家做瓦的时候，我常去看。

依稀记得，他先和了一大堆黄泥，要有两三个人不停地用脚踩踏，有时候还要请耕牛来踩，让黄泥在踩踏中形成一定的韧度。黄泥逐渐变成柔软的膏状后，再用钢丝做的泥弓，把泥膏切成一个个长方块。这些方泥土都要搬到草棚里去，要裹着塑料布，还要时刻浇浇水，保持泥的湿度。

做瓦的时候，大叔也要用钢丝弓，把泥切成一张张约一厘米的薄片，贴放在转盘的瓦桶模型上，随着慢慢转动，一个圆柱形状的泥坯慢慢成形。瓦桶上竖着四根木条，待泥坯晾干后，用手一拍，圆泥坯就变成了四块弯弯的泥瓦片。

后面，就是要把晒干的黄泥瓦搬到窑里，码得整整齐齐，有瓦也有砖。等所有的砖和瓦依次装好后，窑口要用黄泥封上。被封上的窑口像是一个黄色的大圆盘子，盘子上还要装上水，用来检测窑的密封性和窑中的温度。

准备好了后，就是在窑门里烧大火了，烧这么大的窑，要用许多柴火。我依稀记得，父亲他们在烧窑的时候，柴是一捆一捆地往里放，一连要烧好几天，而且中间不能断火。

火一直在不停地烧灼，冒出的烟直至苍穹。等到出窑时，瓦在火的煅烧中，从开始的泥黄色变成青蓝色，碰撞时，还发出清脆的响声。

父亲把烧好的瓦一块块盖在房顶上，一片连着一片，一层盖着一层，层层叠叠，像是画着优美的波浪线。

已经记不清楚，这些瓦在我们的屋顶上盖了多少年。下雨时，雨水打在瓦片上滴滴答答，顺着弯曲的瓦片，在屋檐上形成一道水帘。瓦片随着雨水的侵蚀，太阳的灼晒，从青蓝色慢慢变成黝黑色。

瓦像是一个年迈的老者，时刻守护着我们。每次看到那袅袅炊烟，从老瓦上升起时，氤氲缭绕，连着薄暮远山，我想，这大概就是乡村最有烟火味儿的风景画吧。

旧时学堂

虽然书念得不好，但我从小就喜欢上学。那时候村子里也没有幼儿园，七八岁上一年级，算是再正常不过的了，而我五岁半的时候，母亲就把我送到了学校。

从我们住的湾里，到村里的学校有两三里路，湾里都是同姓，上高年级的哥哥姐姐走在前面，五岁半的我，背着母亲缝的碎花书包，跟着他们走在后面。

去上学的路，于我而言，算是难走的，母亲给我穿的裤子太多，像竹节似的，一节节挂在我的腰上，遇到高一点儿的石坎，我就迈不上去，还要大堂哥在后面拎着我，才能迈上去。

村里的学校其实和自家的房屋差不多，都是三间土房。外面的那间是二、四年级的教室，里面的那间是一、三年级的教室，中间那间是老师住的，门上挂了一个大铁铃铛。门前有一根竹子做的旗杆，五星红旗在上方飘扬着。操场也不大，周围种着柏树，土地面已经被学生们踩得很结实、很平整了。

我第一天上课的时候，就坐在一年级教室的最后面。课桌是一张一尺来宽的长木桌子，倒像是一条巨大的板凳，上面被烧得坑坑洼洼。坐的板凳也是摇摇晃晃的，随便一动，就发出吱吱呀呀的声响。

老师是我们的叔父，留了胡子，当时我们是极其害怕他的，就算在家，也不敢跟他说话。每次上课的时候，他教完三年级，过来教一年级，教我们写数字。我坐不住，就钻到桌底下，和一个堂哥趴在地上，找断了的铅笔芯，也不知道有没有毒，还往嘴里塞。

一年级的毕业考试，好像是叫我们写一到十的数字，我忘了我当时写出来没有，依稀听老师跟我母亲说，我年龄还是太小了，还要再上一年一年级。

二年级的时候，我摔断了胳膊，又休学了一年。就这样，曾和我一起上学的哥哥姐姐都去乡里上五、六年级了，我还在村里上四年级。

我们四年级的学生只有六个人，三个姚姓，三个外姓。四年级的我，在村里算是大学生了，会玩的玩意儿可多了。那时候学校流行滚铁环，我悄悄拆了家里的一个小木桶，把木桶上箍的铁丝弄下来做铁环。

我们滚铁环能上瘾，从家里一直滚到学校，在宽阔一点的儿路上还要比赛。学校不大的操场上更热闹，有时候老师忘了敲上课铃，下课时间常常有半个多小时，我们二、四年级就和一、三年级比赛玩，铁环滚动扬起的尘土，遮不住我们欢喜的笑脸。

终于到了五年级，我也可以去乡上读书了。那时候村里已经修好了去乡上的土公路，来回约有十里路。

离家远，不可能天天跑，就要住宿。乡里的学校比村里大，五年级就有五十多个学生了。学校周边的环境倒也幽静，三面环河水，一面靠小山。河上有一个木吊桥，操场边有毛竹林，这些可给我们带来了不少欢乐。

学校的教学楼有两栋，一栋是较新的两层水泥洋楼，一栋是老式的两层砖房。我们五年级的学生就在砖房里面，第一层是教室，第二层便是我们的宿舍了。宿舍条件比较简陋，木楼板就是床铺，把自己带的被子铺在上面，旁边用自己装东西的木箱子排成一排，就形成两个巨大的通地铺。

那时候可不觉得苦，反而因为人多而开心呢！下课后在大通铺上来回跑，玩到晚上还不睡觉。

住的简陋，吃的也简陋。学校只为我们住宿生做苞谷糊儿，还要自己在家拿苞谷米，每周拿多少都是有数的。

学校也不炒菜，菜都是母亲在周末的时候炒好的，选一些不易坏的酸菜、豆豉，装两罐头瓶。母亲有时候还给我炒一些肉，让我放到苞谷糊儿里捂热了吃。

再好吃的菜，就着每天都一样的苞谷糊儿我们也都吃腻了。我们在学校河边洗碗的时候，悄悄把半碗半碗的苞谷糊儿倒在河里喂鱼，然后回到宿舍吃母亲准备的干馍块，或者用一块钱的零用钱，分着买些零食吃，过过嘴瘾。

就这样吃干粮和零食，终究还是会弹尽粮绝，每到周四的时候，就没啥吃的了。逐渐，我们终于发现了一条财路，那几年的黄姜卖得特别贵，湿的野黄姜都能卖到一块钱一斤了。

那天，我们在学校的后山发现了野黄姜的身影。从那以后，下午三点多放学的时候，操场上便没了我们的踪影。我们在学校的后山上寻寻觅觅，从开始的用竹棍，到后来带着小锄头，我们把那深褐色的野黄姜一根根从地里刨出来。

为了不让学校的老师发现，五点钟我们准时从山上下来，然后把挖出来的黄姜装在口袋里，悄悄地去街上的杂货铺里换钱。

我每次算是挖得少的，可是每次用换的钱，在小卖店里吃上一小碗凉皮，那滋味，别提有多美味了。

后来我读六年级，村里的学校撤了三、四年级。我小学毕业时，乡里的学校也只剩下一到四年级。又过了几年，两个学校都撤了，没有了学生和老师，只剩下一些空房子和碎瓦片，操场上长满了杂草和青苔。

我喜欢上学，喜欢当时学堂里的热热闹闹，就算是现在，常常在做梦的时候，梦到自己还在上学，有的时候是上小学，有的时候是上初中。

旧时的学堂，像是我童年里的一道光，带着那些流动的光影和斑斓的色彩，把我的生活照得无比透亮，让我再把这些碎片一一拾起时，仍有回音轻响。

下一站，白河

每当回到白河这个地方时，每当想起那段青葱岁月时，我总会想起我第一次离开白河时的样子。

那年高二结束，高三开始，八月骄阳似火，我们正是十七八岁的年纪。对于其他同学来说，这个年纪正是在教室奋发向上的时候，而我们艺考生，面临着要到西安做艺考前的冲刺培训。

那时候目标很简单，因为文化课分数不够，只能通过艺考实现上大学的梦想，真正喜欢艺术的比较少，多数是逼得没有办法。

我们2009届美术班五十多人，跟着带队老师从三中出发，整整两大车，摇摇晃晃地出了冷水，沿着316国道行至旬阳方向，打算在旬阳北车站上车。熟悉的景色渐行渐远，我们激动的心情溢于言表，也从未想过，离开代表着什么。

达到旬阳北车站，有短暂的休息时间，有同学问，我们出了安康了吗，手机会有漫游吗？有同学回答说，还没有，还在安康境内。

“那出了白河吗？”

“出了……”

之后就是上了火车，火车窗外的河水在群山中拐了几个弯道，依旧是我们熟悉景色的样子。直到过了秦岭隧道，山慢慢少了起来，天边没有了山尖，只有蒙蒙薄雾，看起来旷阔又朦胧。我们才知道，我们已经远离的家乡风景，被山脉封锁在我们看不见的地方。

在西安，在关中平原这片陌生的地方，我们生活得并不如意，画画、吃饭、睡觉，每天三点一线，甚至有的时候还睡不安稳，床像火车一样摇摇晃晃，睡梦中，好像又看见那熟悉的景色，好像有着大山包围才有安全感。

这样的生活直到十二月，因为高考报名，我们必须回到生源地，对于第一次离家的我们来说，终于能够回家看看了。

凌晨出发，坐着 30 路公交车穿过大半个西安，才来到火车站，挤上人流涌动的 4916 次火车，听着车厢里杂噪的吵闹声中偶尔一两句家乡口音，才感觉要回家了。

列车一路南下，灰蒙的平原风光渐渐甩在身后，慢慢进入了秦岭山脉。冬日的阳光掠过山顶，照在车窗上，仿佛带着山中独有的宁静气息。我想，这大概才是我所远离的家乡味道吧。

列车穿过秦岭主隧道后，天气渐渐变得晴朗起来，微微开启绿皮火车能摇动的车窗，从外面带进来的簌簌清风，就算是在冬天也不算冷。

途中上车的家乡人越来越多，相互用着家乡口音聊着家常，笑谈着国家政策，说是白河就要修高速了，以后就再也不用挤火车了，顺带从大包小包中拿出一些干果散食给大家分享，这才是回家的味道。

三小时后，列车到达安康车站，列车上的人越来越少，我们也离家越来越近。汉江就跟随着列车，在我们眼前静静流淌，清澈的江水载着几只沙船，在水面飘荡着，这曾经如此熟悉的景色，却不禁让同学们拿出像素不高的手机拍拍照片。

车厢上头想起列车员和蔼的声音：下一站，白河车站，要在白河车站下车的旅客请收拾好行李物品，提前做好下车准备。我们拖着行李箱，摇摇晃晃走到车厢的两端，直到列车员说，白河车站到了，我们才在白河前坡车站下车。

一段缓坡之后，我们搭上了一个面包车，又重新回到了 316 国道。一阵阵风从山谷间吹来，又透过车窗的缝隙，吹在我们的脸庞上。远处的山上，还有未落叶的树，安静地伫立在山头，像是一位等待儿女归家的落寞母亲。

后来白河真的修了高速，人们慢慢乘坐越来越便捷的大巴车，少有人乘坐火车，那条从西营到冷水再到白河的公路，我也很少走过。但“下一站，白河”这个声音，常常在我脑海响起，它是连接着学子和家乡的精神纽带，无论我们走了多么远，它都会带我们回家。

摆满旧书的窗

小时候，我常问父亲，为什么我们家里没有书？父亲总是说，他上完学后就扔了……

那时候的我，很喜欢书。也不知道为什么喜欢，就感觉书是方方正正的，里面有一行行字，配着些黑白插图，一定很好看。可能那时候没有电视电脑，书，姑且就算是小孩子对未知事物的一种好奇吧。

别人家都有些书，堂哥家抽屉里锁着好看的连环画，大伯家有很厚的《水浒传》和《薛仁贵征东》，连环画我们偶尔能借着看一些，但也看不长久，就要还回去。《水浒传》和《薛仁贵征东》是大人们看的书，看完后还讲给我们听，听着也是懵懵懂懂的。

我多么希望我们家也有书啊，可以一排排地摆放在那里，可以拿出去炫耀，可以借给别人。

为此，我还在家里翻天覆地地找了一遍，在父亲压酒坛子口的上面，还真有几本书，只是都卷了边，沾满了灰尘。我悄悄搬开压在书上的砖块，把书拿下来，才发现书上全是数字，我一个都不认识。

后来，我发现村子里书最多的人，就是我的小叔，小叔是父亲的亲弟弟，住在我们家隔壁，屋挨着屋。小叔是上过初中的，家里有很多的书，只是他把书放在二楼的阁楼上，一般人拿不到。

每次从他家门前走过，看着阁楼的窗户前，那一排排红红绿绿的书，整整齐齐地摆在那些，心里总有着说不出的羡慕。

小叔刚毕业的时候，常在阁楼上看书，听录音机，我偶尔蹑手蹑脚到他屋里玩，又不敢上楼，只是在楼下不自在地玩，时不时地向楼上偷瞄几眼。

过年后，小叔去南方打工了，一年都不会回来，这给了我翻看他那些书的机会。有一天，我上学回来，小叔已经走了，我迫不及待地来到小叔家里，小叔家里只有爷爷一个人。

可是小叔的二楼也不好上啊。村子里土房子的二楼，只是用木板铺了一半，是堆放一些杂物的，根本没有台阶，要想上二楼，必须搭木梯才能上去。

爷爷家的木梯太危险了些，只是用些细木棍绑起来的，一踩上去就吱吱作响，很不结实。我撺掇爷爷帮我摆好木梯，一步步爬上去，五米高、一共十来步的梯子，我走得异常艰难，害怕摔下去，又有些期待。

在快爬上去的时候，爷爷喊我下来，我不肯，依旧慢慢拉着木板，翻上了二楼。二楼的木板也是不平稳的，有的木板踩上去会翘起来，裂开缝隙，一不小心脚还会掉下去。我小心地走，慢慢离那些书越来越近……

我从未看到过这么多的书，大本的，小本的，都码在窗户上。虽然都不是新书，但却很整齐，不宽的窗台码了好几排。各种颜色的书脊上，印着一个个黑色的书名，每一本都像是一个秘密花园，里面肯定都藏着一番风景呢。

我不停地翻看着，带着迫不及待，带着兴奋，带着憧憬。里面有一部分是小叔的课本，在一些我看不懂的英文上，还圈画着笔记，书的后面还有英语磁带，我还用小叔的收音机放着听。除了课本书，里面还有一些故事书，一些文学书，一些关于诗词、文学鉴赏类的书，还有些书的文字是竖排的……

那些书中的内容，我早就已经忘记了，只是记得，那些略微泛黄的书页曾带给我了太多美好的想象，太多的期待，太多的乐趣……

偷翻小叔的书这件事，和我们小时候做过的坏事一样，有了第一次，就有第二次。此后，我继续撺掇爷爷给我搭梯子，继续爬上小叔家的二楼，且越来越熟练。有一次，我发现小叔摆在窗前的书里，还有几本一模一样的书，我还学着大人，把这些书偷拿走，在四年级结束时，送给了班上的同学。

后来，随着我一年年地上学，我们家里也有了些书。母亲常说，这些上学的课本书你又没看过，卖给收破烂的吧，放在家里占地方。我说留下来吧，连高中的练习册都留了下来，没地方放，我就装在纸箱子里，摞在墙角。

大学毕业的时候，别人都在校园里摆地摊卖书，我却在转地摊买书。在中文系学生那里，用很低的价钱买了一些文学理论书籍、买到了正版的贾平凹和毕飞宇的书、买到了我曾发表过小说的《南风》杂志……然后我都把它们装在袋子里，寄回家里。

我喜欢旧书，喜欢那淡黄的书页上印着岁月的故事，喜欢在闲散的时光里，去拍打掉它们身上的灰尘，走进它们的字里行间中，轻轻读，默默读……读着，读着，我似乎又看见了，在童年里，小叔那摆满旧书的窗，散发着微弱的光。

我的祖父

一

我能忆起祖父的，便就是他嘴里含着竹竿做的烟斗，身着蓝色布料大褂，坐在夕阳下安详的模样。幼时，我总喜欢坐在祖父的身边，看着他从嘴里一口口吐出烟雾，从他高耸的颧骨，一直飘到他稀疏的头发，随后消逝在暮色之中。

祖父喜欢在这时，摸着我的头，给我讲故事，我喜欢在听故事的时候，望着天边渐暗的空色，最后山上的树都看不见，只剩下山黑黑的轮廓。

这样的夏天，庭院里有很多的蚊虫，那时候还没有蚊香，祖父用镰刀在山坡上割了很多草蒿，晾成半干半湿，点着后，用来驱蚊。

在我记忆中，祖父讲的漫无边际的故事和天边山的黑色轮廓还有草蒿被点燃的味道是联系在一起的，像是不停萦绕在心里的梦境，会在某一天，触碰到熟悉的事物时，突然醒来。

那时候，我总以为天很近，抬起头来看，就在我和祖父头上。我问祖父："故事中那些神仙，是怎么从地上走到天上的呢，是用的梯子吗？"祖父深深吸了一口烟斗，青蓝的烟雾从他鼻孔里吐出来，然后他一直看着烟雾慢慢地上升，才慢慢说："神仙上天的时候不用梯子，神仙上天的时候，身体会变得和这烟雾一般轻，慢慢地随着风飘，最后就飘到他想去的地方了。"

我看着祖父用手指的方向，可能是天黑的原因，烟雾才飘一会儿，就看不见了。我那时候还小，还不知道自己想要去什么地方，只是看着祖父用手指指的那个方向，久久都不肯放下。

我认为祖父这个举动，是有他所表达的意思的，就像庙里供的佛祖一样，手总是指向天上。后来祖父跟我说，他不是佛祖，他只是个最普通的农民，他指的是今天才播种的地，不知道什么时候才会发芽。

我点了点头，其实我是不懂祖父所说的，我那时还没有去上学，也不知道孔子所说的“不知为不知，是知也”，我想我点头，祖父总会舒心些。

二

后来，我去学堂上学，也认识了课本上像孔子那样，耳熟能详却始终没有见过的人物，便就换成我给祖父讲故事。祖父很喜欢我讲这些，就算是有些故事的情节，我自己也搞不清楚。

祖父说，在他们那个年代，想上学很不容易，自打他懂事起，就跟着他堂兄弟去山上放牛。他那时候，也不明白上学到底是什么含义，就打小没去过学堂，后来，他听说上过学的人很多都做了领导，去了外面的大城市，他还是在这山上放牛种地，一辈子也没见过山的那头是什么样子的。

我想了想，指着那绵绵不尽的山脉对祖父说，山的那头还是山，一座还比一座高哩，最后都连到天上去了。祖父却摇摇头说，你长大了，就知道了。

祖父总是在一边跟我说着，一边编织草鞋，好像一刻都闲不下来。草鞋用的是山上割的草丝，细细的草丝铺满了整个屋檐，偶尔天边的暮色夕阳会带着橙红的光照过来，把草丝染成金黄的颜色。

我有的时候说累了，就不说了，坐在小板凳上，远远地看着祖父，看看那些草丝在祖父的手上，慢慢凝结成细长的草绳，再慢慢变成草鞋的样子。夕阳下，祖父的手指变得很有节奏，连他身上经常穿的蓝色布料大褂，也浮上了很好看的颜色。

我问祖父："为什么草丝会从开始的绿色变成现在的金黄色呢？"

祖父说："每种东西到收获的时候，就是这种颜色，像地里的麦子，像田里的稻子……等你看到这种颜色，就说明你之前做的那些事情，就该有回报了。"

说完后，祖父把编织好的草鞋，整整齐齐地挂在屋檐下，然后随着风把草鞋吹着左右摆动，在他眼底下，像是摇摆的时钟。我那时候想，祖父心中是有属于他自己的颜色的，不是他常年穿的蓝色布料大褂。

三

再后来，我们搬了家，祖父常来看我们，顺带用背篓给我们带些青菜，或是五谷杂粮，脚下还是穿着他自己编织的草鞋。

我每次都问祖父："这鞋穿着割脚不？"祖父却说："不哩，舒服着，从小就穿这个，穿胶鞋还穿不惯哩。"祖父编织的草鞋我穿过，细细的草绳勒着脚踝，脚像是碰到了刀尖，稍微动一动，就割得生疼。

祖父每一次背的背篓，总是满满的，他害怕青菜在路上被太阳晒焉了，总是用大树叶，把背篓口盖得严严实实。祖父笑着对母亲说："家里也没啥好东西，知道你们没有种菜园，拿些青菜给孩子们。"母亲总是唤我帮忙，把祖父的背篓取下，让祖父坐下歇会儿。

有的时候天气太热，祖父喜欢解开那件蓝色布料大褂的纽扣，把大褂披在肩上，我无意中看见祖父突兀的锁骨上，有背篓留下的印痕。

便问祖父："肩头疼吗？"祖父笑着用手搓搓印痕说："要是肉的话，肯定疼哩，这骨头都老了，没事。"

祖父的肩头，被他的手反复地搓得通红，红色的印痕也在他肩头慢慢地扩散，这些印痕在我臆想中，慢慢变成一朵要撑开的花，好像只会开在祖父的肩头。

随着我慢慢地长大，记得祖父的事就更多了些。我记得祖父是喜欢笑的，在给我们送东西的时候，在和我们后生说话的时候，一笑起来，脸部的肌肉全部堆积到颧骨下面，已白的胡子也随其炸开，露出一颗颗被烟熏黄的牙。

不过，这并不影响祖父在我心目中的形象。祖父很少抽带过滤嘴的纸卷烟，每次总是随身带个装满旱烟丝的大袋子，叫我找些废弃的作业本纸给他卷烟。我很小的时候，就喜欢给祖父帮忙卷烟，卷好了递给祖父，祖父用火柴把烟点着，然后，我看着祖父嘴里的烟头，慢慢变得暗黄，一缕烟慢慢飘散在空气中。

祖父还喜欢喝酒，每次到我们家的时候，总得在饭前来上几杯，夏天是啤酒，冬天就是白酒。祖父喝酒的时候，很有味道，用枯拙的手指钳着玻璃杯送到嘴边，眉毛微皱，眼睛微闭，轻轻地抿一小口，嘴里发出"啧啧"的声音，然后说："好酒。"

四

祖父患病时，好多人都说，是祖父抽烟喝酒太多引起的。在我印象中，祖父的身体还是很好的，在老家种了很多地，除草、施肥都是他一个人，有时候，还给别人做些零工补贴家用，家里的屋檐下还储备着大捆的干柴，别人见了也都会说："这老汉，好身体呀！"可是祖父还是患了病。

祖父是去年年前，在山上砍柴时，不小心摔了一跤患的病。到了医院，医生检查后说，是大脑血管堵塞，情况有些严重。过年的时候，祖父说他想回家。长辈们想着，过年在医院待着也不好，总要回去吃个团圆饭的，便遂了老人的心愿，开了很多药回家。

和祖父一起吃团圆饭时，祖父却吃得很少，要是往年，我们这些后辈都要敬他几杯，但这次，他吃了几口后，就下了席，一个人坐在火炉旁烤火，一句话也不说。

我也下了席，坐在火炉前，跟祖父说着话。祖父说，除了经常感觉头晕以外，也没有别的，毕竟人上了年纪；又说家里的地还没有翻犁好，开春了不好种粮食……

我嘱咐他说："现在先养好病，要记得吃药，多吃些饭，等病好了再说。"祖父看着不停在他眼前跳跃的炉火，摇摇头说："不行了，头晕得很厉害，走路的时候脚下老是没劲儿，总是踩不到地面。"

我看着身体虚弱的祖父，抽动的嘴角和不停颤抖的双手，突然想起小时候和我在一起编草鞋、给我们背青菜的那个祖父，总是笑着擦擦汗，说不累。

祖父真的老了，而我在慢慢长大一样……

过完正月十五，我要远离家乡去很远的地方上学，临走的时候，我又去看了看祖父，害怕祖父会冷，在家抱了几床厚被褥给祖父。

我坐在祖父床前跟祖父说："您在家里好好养病，等着我回来看您。"祖父点了点头。

走出门外，我又回头看了看祖父，祖父埋着头，佝偻的背影蜷缩在被子里，像是要化作飞蛾的蚕蛹，要逃离自己居了数年的身躯似的。

五

祖父还是过世了，在我快放暑假半月前的时候。在祖父去世的前一晚，母亲给我打了个长长的电话，说害怕祖父撑不过今晚……说父亲，妹妹，舅，舅妈都守在祖父的床前……

遥远的气息透着夜的黑，传送到这个城市，本不想预料的事终究会发生，不管你事前做了任何多的设想。再次接到母亲的电话，是次日的下午六点。母亲说，祖父是凌晨去世的，害怕我早上要上课，就等到下午才打过来。

母亲又跟我说了很多，说祖父已经有两个月没有进食，身上肌肉都萎缩了。我拿着电话，很久没有回应。我想自己在这个大学里，过得比祖父、比父母亲要好。虽说不是锦衣玉食，但最起码三餐温饱。我可以说时代不同，我可以说我还有大把的青春去挥霍，但每想起这些，心中还是有些酸楚。

母亲问我，能不能回来。我说怕是不行，还有半个月就要考试，课程很满，考不好会影响毕业。母亲说，那就算了，就是你祖父走时，还恍惚念叨你，没事，家里还有我和你爸，考试要紧。

我听得出母亲安慰的语气。我走出教室外，看着深深的教学楼走廊一个人也没有，教学楼上空绯红的夕阳，把我影子拉得很长，像是我永远会被埋在这座教学楼下一样。

我是想着，就这样，祖父就没了，承载着从我出生二十多个年头的记忆，瞬间变得无比空荡。我还是没有见上祖父最后一面，我还有很多话没有跟祖父说，我想说祖父你说对了，山外面不全是山，我这里是很大的平原；我想说祖父我懂得了草鞋为什么是金黄色，就像那时和你一起看太阳的颜色一样……想说的总是还有好多，就是不知道祖父还会不会听见。

有的时候，我坐在这样的一个大学里，想着祖父在最后念叨我名字的时候，是什么样的眼神，会不会像他抽一口烟、喝一口酒那般安详？会不会祖父也在某个地方走了很远，又回头看我，看着我乘坐的列车在重重山峦的穿越中，离他越来越近？

暑假回到家中，我总是喜欢一个人坐在门口，看着近暮时的夕阳，相同的情景、同样的天色，让我想起祖父会不会像他抽烟时的烟雾一样，正在天上的哪个角落里。

有的时候，我看着一个穿着像祖父那样的蓝色布料大褂老人，从远处走过来时，总以为是祖父回来了，走近了才发现，并不是祖父，但却看着他穿的草鞋，久久回不过神来。

我突然记起，祖父曾告诉我，他是个草民。我当时笑着回问祖父，是不是编草鞋的人都叫草民？

长大后，我才知道，我和祖父都只是草民。我们都有太多的牵绊，我们只能坐在某个暮色下，等待着黑夜的降临。当我发现这黑夜下，只剩下我一个人时，才猛然发觉，和祖父在一起的那些时光，已随着祖父慢慢离去，自己再也等不回来。

留在巷道里的旧时光

我所说的巷道太小，仅仅是我们老家上屋和下屋间的一个狭窄过道而已。宽吧，不足一米，长吧，也不足五十米。可这里，却是我们小时候最喜欢玩的地方了。

父亲知道我们喜欢在这里玩，就请人在山下驮水泥，用水泥把那不大的地面铺得光滑如镜。

在都是土房土路的时代，想找个平整且不沾灰的地方玩耍，可不容易，只能到外面寻一些大石头了，大石头还坑坑洼洼，夏天坐在上面还烫屁股呢。

巷道虽小，但对于我们来说已经足够了，水泥地面不起灰，打扫干净后，就能随地而坐。巷道上面还有房屋的瓦遮挡着，南北通透，风像钻缝儿似的往里灌，嗖嗖地流淌在巷道的各个角落，这大概是在夏天里最为凉爽的地方了。

在暑假里，小而舒适的巷道总能聚集起一帮孩童，我读四年级前，村子还没通电，没有电视机，依托这个巷道，倒让我们开发出更多好玩的游戏项目。

两个人的时候，想下个米字棋，有这样光滑的地面，就简单多了。用石子或者木炭，在地上画个米字棋盘，一人找三颗石子，一人找三个木棍，相互占位和追逐，谁能把自己的三颗棋子摆成对角线，那就赢了。

后来，我们都觉得米字旗太简单，想玩象棋，大人们不给，怕我们弄丢了，自己去买，又太贵，那就几毛钱的零花钱肯定是不够的。

不知道堂哥堂姐在哪儿学的一种叫作“母猪上寨”的玩棋法，迅速在村子里流行起来，别看这个叫法很难听，但玩起来却比米字棋有意思多了。

具体的玩棋方法我已经忘了，只记得玩的棋盘是方格子，有点儿像象棋的棋盘，中间也有一个“将帅”坐的“军营”，这在“母猪上寨”的棋盘里，被称作为“寨”。玩这个棋，也需要两个人，一人执“母猪”这颗棋子，也就是一个白纸球；一人执“兵”，好像一共有十个，我们通常用十颗石子代替。

在水泥地面画好棋盘后，就可以开始了。“母猪”这方想赢，就必须把兵都吃完，怎么吃呢？就是当两个兵之间，正好有一个空格，在这种情况下，母猪跳到中间，就能把两个兵吃掉。“兵”这方想赢，就得形成合围之势，把“母猪”赶上山寨，“母猪”无路可走，方能胜利。

看似滑稽的玩法却充满了智慧，像是简易版的象棋，无比适合我们，常常玩一局就得一个多小时，在巷道里，玩到忘了吃饭的时间。

两人的游戏多是以棋类为主，那多人游戏呢？有啊，跳沙包、抓石子常常在这个巷道里上演。

对于跳沙包来说，这狭长的巷道简直是极佳的游戏场所，沿着墙角画上方格，写上1到9，沙包不会扔到别处，可以尽情地跳，尽情地玩。跳沙包、抓石子好像都是女生的强项，男生们手脚都不算灵活，没有女生们玩得好。

堂姐是抓石子的好手，她有一副好石子，全部是白石头，长期地玩，已经变得圆溜溜的了，像极了沙滩上的鹅卵石。太圆的石子，像我这样技术不精的，连一关都过不了。然后，有的人去找碎瓦片，先用锤子敲打，打成合适的大小后，一颗颗地在石头上磨，把瓦片磨成像瓶盖一样，扁圆的，过关起来，要比白石子容易些。

每次抓石子，巷道里都挤满了人，大家围成一个圈，一圈不够围成两圈，分成小组，形成搭档，相互评比闯关，每一次抛高石子，内心里面都是满满的期待，每一次闯关，都是无法形容的愉悦。

前段时间，回到老家，想再看看那些老房子。走在巷道里，看到原本平整的水泥地面已经变得坑坑洼洼了，地面没人去打扫，沾了泥土，变得不再干净了。

雨水透过破碎的瓦片，冲刷着巷道两边的泥墙，留下一道道细长的泥痕，有的地方甚至一大块一大块地脱落了。巷道两边墙壁的裂缝，像是老人脸上的皱纹，细小、深邃的沟壑如同蜘蛛网一样，不断地延伸着……

时光在变，那个巷道好像也在变。成人的视角和童年的记忆，不断重复和对比。巷道好像又变窄了，可能是我长大了，心变得不那么容易满足，少了童年里轻易就能获得的乐趣。巷道好像又变宽了，空旷到再也找不到童年里那群欢乐的身影，那些幼稚而天真的笑声……

好在，巷道的清风还在，巷道里的斜阳还在，留在巷道里的旧时光，会随着我按下记忆的相机，一帧一帧留在我的脑海里。

绿皮火车 4916

我常常想起，那列绿皮火车，穿过山间的隧道，带着悠长的鸣笛声，在空荡的记忆里一声声地回响……

这列火车是 4916 次，起点是西安，终点到湖南的怀化，途经我的家乡。在没通高速前，这是我们常坐的车，也是唯一一列不用换乘的车。我常常攥着那张写着 4916 次的火车票，在站台上望着，等着，等着它带着我们穿越巴山和秦岭，来到关中平原。

我第一次乘坐这趟列车，是在刚上高三的那个夏天。因为是美术生，我们没有像其他学生一样，留在学校听课复习，而是要去西安参加考前的美术集训。对于那个年纪的我们，无疑是激动的，背着画板，拿着行李，想着要在这滚烫的青春里，去闯一遭。

那时候，家乡对于我们而言，意味着什么，我们谁也没有去想，感觉自己的能力已经足够强大了，不用去听父母的唠叨，也不用回头看看家乡的模样。我们坐着汽车，沿着国道一直走，走出小镇，走出县城，走到旬阳北站坐这趟火车。

八月的太阳，映出我们青春的模样，在站台上，夏天的风吹动着我们的白色短袖，形成一道道褶皱。列车员叫我们排好队，我们都朝着远处望着，4916 次列车踩着弯弯的铁轨，从远方走来，列车驶过的风，吹斜了我们的身影，然后再慢慢停在了我们的脚下。

我们上了车，四个人或者六个人坐在一起，聊着天，吃着零食，看着列车在山间穿梭，偶尔向着窗外瞥了一眼，依旧是那样的山，那样的水，刺眼的阳光从车窗中照进来，我们拉上窗帘，不再理会窗外的风景。

列车过了一个很长的秦岭隧道，然后山慢慢变矮，慢慢变小，等着我们再看向窗外时，就是一望无际的关中平原。先是一片片绿油油的麦地，再然后就是一栋栋高楼，随后就是车水马龙的街道，来来往往的行人让我们应接不暇。

而我们的家乡呢，似乎被封印在山的那头。4916 次列车就这样把我们带到了西安，然后自己再走回去……

高三之后，上了大学，去了宝鸡，为了方便，还是去西安换乘，坐 4916 次列车。上学期间，每半年回去一次，冬天离家，再回来时就是夏天，夏天离家，再回来时，就是冬天。

考完期末测试，早上一早就从学校出发，要坐公交车去火车站，路上冷冽的风掀动着羽绒服，拿着行李的手常常冻成紫红色。公交车上，蒙上薄雾的车窗滑下点点水珠，模糊着窗外的渭河，以及河边上染了白霜的芦苇丛。

坐火车从宝鸡到西安，再去找 4916 次列车。4916 次列车的候车厅在一楼，可能是因为车票便宜，每次人特别多，学生、农民、工人都拿着火车票排着长长的队，外出打工的人可能是要准备回家过年了，拿的东西特别多，大包小包背着、提着，手攥得紧紧的。

随着人流从站台上车，本来空荡的火车不到一会儿就被塞得满满的，没座位的人就坐在过道上，火车像是特别能吃的胃，能装多少就装多少。

车里很是嘈杂，听歌的、聊天的、打扑克牌的、看电视剧的，偶尔还能听到几句熟悉的乡音，诉说着回家的喜悦。只是我变得沉默了，戴上耳机，喜欢坐着靠窗的位置，看着外面的风景。

列车行驶到秦岭时，还能看到秦岭山上没有融化的积雪，太阳从山尖掠过，淡淡地照进车窗，细碎的光影洒在身上，落在手指间，轻轻地抓，似乎能把那一丝温暖握在手里，融进心里。

列车进入隧道后，车窗变成黑色，映出了车厢里的影像，看着看着，像是走进另一个世界，迷蒙的灯光在隧道的墙壁画着光点，斑斑驳驳，朦朦胧胧，像是一个时光长廊，演绎着每个人心底的故事。

黑色的车窗也能映出自己的模样，和出发时的自己重合着，像是在对话，像是在倾诉，又像是在逃离。

过了秦岭，便是陕南了。山下一池碧绿的江水，半山上弯弯曲曲的梯地，散落在山间的白房，房前还有在玩耍的孩童，这就是家乡的模样。

列车在小镇的上空驶过，不宽的街道却很热闹，来来往往的行人像是在办年货，挑选着商家摆在外面的春联和日用品，好像在说，年近了，家也近了。

真正回到家乡时，天已经黑了。下了火车，嘈杂和繁华慢慢褪去，只有一片宁静。

我的家还没到，还要转坐面包车。面包车多是老旧的，破旧的车椅弹出了弹簧，有时候坐不下，还要加个凳子。

裂开的车窗吹进故乡的风，细如微丝，烙在心底。山变成了黑色，从车窗的玻璃望去，几点昏黄的灯光山间闪烁着，像是在等待着归来的人。

几经辗转，终于回到家，放下行李，吃完饭后就睡去，那张写着4916次的车票也失去了作用，随便扔在墙角的角落，总想着以后还会有的。

只是没想到，在有一年的年末，列车车次调整后，就再也没有4916次列车了，可能是它老了，可能是人们再也不需要它了。是的啊，我的家乡也通了高速，汽车直达西安，只需要三个半小时，上学或者外出再也不用转车，再也不用挤火车了。

想着再去寻找那张火车票时，才发觉怎么也找不到了。像是已经消逝的青春时光，只能慢慢地拼凑起记忆的碎片，然后在脑海里变得悠长，悠长如同那列绿皮火车的鸣笛，在缓缓说着：4——9——1——6……

时光催着我们办年货

小时候，在老家白河，流传着一句老话，说是“大人喜种田，小孩喜过年”。其实，大人并非真的喜欢下田下地，只是到了年底，总归要置办些年货，放下一年的辛苦耕耘，过一个红红火火的丰盛年。而我们小孩确实是喜欢过年，整天跟在大人身后，催促地问着什么时候才去镇上办年货。

我们村办年货，大概集中在腊月二十四、二十五左右，这几天镇上的货也齐全，各家各户也酿出了度数高、价钱好的新酒，这可是贫困家庭换取年货的最好时机。

办年货一般都是全家出动，大人的背篓，在去的时候，要背着新酒，回来的时候，要背着新货，一个人是不够的。而我们小孩要试穿新衣服，要亲自挑选吃食，自然也是要去的。

怕下午回来时太晚，早上就要走早些，我们几家一起，浩浩荡荡十几人，好像要把去镇上本来宁静的山路吵翻似的。

早晨的山路有冰，又是下坡路，大人给我们砍了竹棍作为杵杖，一边谈笑着，一边履着薄冰慢慢前行。说不定路上还能遇到别村的老乡，办年货的队伍更壮大了，休息时都放下背篓，拧开壶盖，互相尝尝各自的新酒，寒暄着拉着家常。

我们小孩是坐不住的，跑到树林中，去寻找未融化的积雪，捏着雪球，打着雪仗，去山泉下找成型的冰柱，捏在手上也不害怕寒冷。

队伍再次行走时，天边已经露出了朝阳，阳光淡淡地透过干净的树梢，照在山路上，给山路铺上一层特别的光辉。路边的农家屋顶，已经升起袅袅炊烟，旁边菜园里的白菜萝卜，披上淡淡白霜，构成了办年货的山路上特有的风景。

来到镇上已经是晌午，镇上聚集了各个村落的人，加上有些商家把货物摆在外面，把本不宽绰的街道塞得满满实实。

大人们忙着挑对联、选年画，而我们孩童却站在卖玩具的地摊前，不肯离开。地摊上面摆放的双线牛皮做的精美弹弓、能打塑料子弹的玩具枪，都是我们梦寐以求的武器。大人们是舍不得给我们买的，把新酒换了钱以后，拉着我们去买比玩具枪便宜的鞭炮，但有几挂小鞭炮，也足够我们开心了。

街道上热闹极了，小商小贩的吆喝声，比鸟儿的叫声还清脆响亮，卖菜的、卖水果的、卖鱼卖肉的把货物都放在街道两边，等着行人来挑选。

而我们最喜爱的，还是街道边那个能出爆米花的神奇机器，大人们知道我们小孩爱吃，就在家里带了一小袋苞谷，可别看是一小袋，给一点儿加工费，添二两白糖，这个神奇的机器，就能炸出好几大袋样式不同的爆米花来。

给我们小孩挑完新衣后，就该回去了，大人们背来的背篓，被红红绿绿的货物堆成了小山，若还有零钱，就给我们小孩买几瓶汽水，留着在路上口渴时喝。

回去的山路并不好走，上坡路，再加上沉重的货物，压得大人们只能慢慢走在后面。我们小孩跑在最前面，迫不及待地拿出新买的鞭炮，舍不得一次放完，一个个拆下来，装在兜里。随着下午气温升高，本来结冰的山路变得泥泞，一声声爆竹声，一排排脚印，还有那玻璃瓶中的汽水味道，被永远留在这条山路上。

可惜时光变换得太快，现在办年货远远不用那么麻烦，一通电话，一趟超市，或者是网络上的一个订单，都能轻松办到。于是那条山路变得少有人走，有老人念旧，常常带着锄头，来拓一拓山路，可是终究抵不过漫漫野草，最后荒芜在山林之中。

我的故乡湾

在陕南山区，山就是自然的屏障，起伏延绵间形成湾谷，同一姓氏的人们会在湾谷间繁衍生息。在众多山湾中，沿着冷水河的支流水田沟往里走，有一处湾谷叫姚家湾，我从小就生活在那里。

一

我记忆中的姚家湾无比热闹，不大的村中有两个组都姓姚，二三十户土房屋，错落有致地排列在山湾间，一直从山脚下到山脊梁。房屋间还有一块块蜿蜒起伏的梯地，随着山势变化，画着柔美的线条，绘成一幅幅童年里的画。

没修公路前，要去姚家湾，走的是沿河小道。小道走完，要进湾，首先得跨过一道门。我们常走的门说来奇特，这道门叫石门沟。石门，说的是两处陡峭的峭壁左右相对，像是一个即将缝合的圆门，门中间还有山涧细流，终年不断。

我印象里的石门沟，是带有传奇色彩的。小时候，大人们说过很多关于它的故事，说石门沟是块风水宝地，石门间的那道窄窄的堤岸，是姚氏先祖砌的，害怕两道石门会关上，财运就进不来了。还说石门沟下的那个小潭极深，以前有人用十根竹竿连在一起，都没到底，听说还通着四川……

我小的时候是很听信这些故事的，每每路过石门沟时，心中总有惶恐，害怕掉进那小潭里再也出不来。但心里又有点儿好奇，不走带有石台阶的大路，壮着胆子，走石门沟前那条笔陡的羊肠小道。

小道附近有很多粗壮的老树，枝条无比繁茂，树叶自成荫蔽，自然搭建了人们在夏天里乘凉的地方。路过的人经过这里，都要歇会儿，坐在石头上，折枝带树叶的树枝当扇子，在手上轻轻地摇着。渴了就去石门沟下的小溪里，用手捧上几口清水来解渴，或者干脆在溪水里洗把脸，用清凉的水解除夏天里的燥热。

我还在石门沟的山脊上，看见过黄麂，这可是传说中的保护动物，它就在石门沟上的林子中，摇摇摆摆，吃着青草，好像在这里，生活得很安逸。

父亲还在石门沟的山壁上，挖过草药，治好过我的红眼病。我想这些应该是石门沟奇特的地方吧，它真的像是一扇半开的门，给人们带来福泽，守护着这里的人们。

二

走过石门沟，进入湾里，姚家湾的中心是一排排由下至上的梯田，梯田在我们这里是少有的，许是因为湾里有处泉眼，常年都有细流涓涓而出，无形之中滋润着土地，把常见的梯地变成了梯田。

对于湾里的梯田，我记忆犹为深刻。那时候家里的粮食，基本上都是自给自足，也没钱去买，这一年中，想吃那一碗碗香喷喷的米饭，指望的就是自家那半亩梯田。

因为分的梯田少，所以父辈们格外珍惜。春种前，要引渠灌田，要细施农肥，还要请耕牛，挂上水犁，把田收拾得像一面面镜子，整整齐齐地摆在姚家湾的正中央。

父亲犁田时，我常去玩。我喜欢站在水犁上，让牛拉着来回跑；

喜欢去田边，捡藏在泥里的小田螺；喜欢坐在田埂上，看叼着淤泥筑巢的燕子。

有喜欢的，也有害怕的。我无比害怕田里软腻腻的蚂蟥，听说它能钻进我的脚里，吸我的血。我有时候不听话，闹着要去田里玩，父亲就说田里有蚂蟥，我就再也不敢到田里去了。

梯田的旁边，还有一个神奇的红豆树，长在树林旁的石壁上，红豆树的根有一半露在外面，长在石壁间，凹凸盘旋。湾里的人都说，这树根是树形成的龙头，细看还真有点儿像，中间凸起的部分像是龙眼，下垂的细根像是龙须，奇特的是，在树根的左右两边，又长出了两株小苗，像是龙角。

我在看着龙头树根的时候，总是不敢多看，越看越觉得它有龙的威严。父亲不让我在田里玩的时候，我快速地绕过龙头树根，来到这棵红豆树下。这棵树太高了，粗壮的树干在这片林子里显得鹤立鸡群，日积月累，在树下形成了厚厚的落叶层。

我就在树下寻找掉落的红豆，这红豆也不是年年都有，常常是去年掉落的，藏在豆荚里，被落叶盖住了。运气好的时候，能够找一些，红彤彤的豆子，颜色鲜艳，非常结实。用手把它们擦干净后，我装在兜里，常常给别人炫耀。有时候，我还把这些红豆装进小瓶子里，假装是电视剧里很厉害的丹药。

梯田里最热闹的时候，便是秋收了。稻子熟了，在打稻米的时候，父辈们直接把自己的大木盆搬到田里。这样的大木盆直径约有两米，直接用谷穗打在盆沿上，谷穗相互碰撞发出偌大的响声，带着黄壳的稻米顺次滚进盆里。

大人们忙的时候，我们小孩喜欢在田里捉蝗虫，玩谷穗，到处飞跑，让田里的淤泥沾满额头，让渠里的水湿了衣襟。

长大一些后，我依稀记得，老天爷不怎么眷顾这里，常常干旱，湾边的几口小水井也枯了，湾里的人们需要在半夜里去抢水。

梯田里好像再也没有种过稻米，变得干涸了，人们多是在田里种些好熟的蔬菜豆类，当作菜园子。那处泉眼含着珍贵的水源，被湾里人修成了大水井，供全湾人的生活用水。梯田也变成了梯地。

三

湾里住的人家都是同姓，十几户人家就这样分布在湾里，一座座土房子都有着自己的朝向，房子边有院子、菜园和猪圈。一条条弯弯曲曲的小路，像是一根根细长的线，把这些土房子穿在一起。

在这里土生土长的同姓人，之间也没有什么隔阂，相互来往多。谁家做了馍，谁家蒸了包子，都要相互送上几个。相互串门吃饭，换工帮忙，邻里之间显得无比亲密，平时也十分热闹。

我小时候是不着家的，哥哥、弟弟们都是玩伴，我们这群顽童满湾到处跑，不分冬夏，不顾春秋，好像没有我们没去过的地方，好像怎么也玩不厌。

春天的时候，我们在湾后的山梁上摘过兰草花，幽香的兰草花摘了一大把，甚至把兰草花移植到自家院子里。我们还用小刀剥下树皮，卷成大喇叭，一群小孩在路上吹得嗡嗡响。湾里樱桃熟的时候，我们就挂在樱桃树上，一颗颗往嘴里塞，吃完这棵树就吃那棵，最后牙齿酸到连豆腐都咬不动。

夏天的时候，我们在林子里摘苦李子，到处找杏子，还偷过小爷的橘子和青皮核桃。甚至我们在屋后树林里开辟出了一块乐园，借着树叶的阴凉，用废弃的砖头搭房子，玩石子，玩扑克牌。父辈们烤烟的时候，我们就去地里掰苞谷，放在烤烟的炉门上烤着吃。

秋天的时候，我们爬到树上去摘山楂吃，还帮着大人把山楂打下来，切片晒干去卖钱。我们还去树林里找野果八月炸，这是我们认知里最美的味道。我们还用竹竿打柿子，遇到硬柿子就给大人们做腌柿子，遇到软柿子，就爬到树上摘，剥了皮后，迫不及待地满足自己的味蕾。

冬天的时候，湾里更热闹，几乎家家都酿酒，酿酒用的是我们这特有的甜秆儿，像卖的甘蔗一样清甜，我们这群小孩在地里可偷吃了不少。真正开始酿酒的时候，大人们要准备足够的柴火，会通宵一两晚，家家灯火通明，我们小孩也不睡觉，借着光亮到处跑，兴奋得像过年一样。

冬天可能还有一场雪，漫落在湾里，像我的记忆那般漫长……

四

四季，就这样一年年地走过，再后来，我们搬了家，姚家湾去得越来越少了。

每年祭祖回去时，总感觉姚家湾变得冷清了。石门沟前修了宽阔的公路，那羊肠小道再也没人走；退耕还林后，梯田和梯地变得荒芜了；湾里的人大部分搬到了集镇或者外出务工，人也越来越少了。

我常常看着自家老屋门上那生锈的铜锁，傻傻发愣；看着小时候那偌大的台阶，现在却变得很小；看着小时候自己种下的小苗，现在却变成了繁茂的大树。

记忆的印痕会在熟悉的事物中发芽，肆意地生根，肆意地发酵，在脑海里留下清晰的画面，渐次转入梦境中。

前几天，我又去了姚家湾，走的是公路，带着太太和女儿。我感觉姚家湾又变了。梯地和梯田又重新修好了，并借助现代化机器，砌上了结实的堤岸。大水井还在用，盖上了水泥盖，连着湾里新修的水厂，自来水直接连到家，更加方便了。几位叔伯把湾里的梯地承包了，种上甜秆儿，做酿酒产业。住在集镇上的人们，好多在假期愿意住回来，种点儿菜，享受着山里新鲜的空气和毫不吝啬的暖阳。

我想这就是我的姚家湾吧，我在长大，它在变化。可它不管怎么变，它仍旧是我的故乡湾，我的记忆湾，它湾住了我记忆中独有的那一池水，沉在我内心里变成一片湖，永远清澈见底，永远水平如镜。

一些病

一

我小时候常患病，听我母亲说，是因为她在怀我的时候，想吃带着酸味的橘子罐头，家中没钱，父亲便去山中摘了不少野果子给母亲吃，结果在胎里留下了病根。不知道这是不是真的，但我小时候生的病，确实不少。

母亲说我小时候爱哭，晚上放不了床，得有人抱着，但不管是怎么抱着，我还是常常发高烧。这对别的小孩都是家常小病，打上一剂退烧药，好好睡一觉，早上起来便可相安无事，照常吃两碗大米饭。而我一烧就烧糊涂了，在床上就手舞足蹈，来回翻腾，能把架在床上的蚊帐全部都撕掉。

我母亲经常在半夜唠叨父亲，催着父亲赶快去找离我们不远的一个医生。医生是我大叔，是个兽医，常做的事情就是给村里每家的公猪结扎，我们小孩都很怕他。我们把他手里的那把能反复使用的铁质注射器，叫作大铁针，总感觉这大铁针是给猪用的，不是给人用的。但村里没有别的医生，去镇上又太远，山路也不方便，只能靠他。

那时候没有专业的医用酒精，父亲就用茶缸灌来自家酿的烈酒，在棉被里抠出几坨好点儿的棉花，组成简单的消毒医具。

大叔打针的时候，要用钳子敲上两支葡萄糖，吸到注射器里用来调和青霉素。然后让我脱下裤子，用手拍拍我的屁股蛋子，找个肉多的地方，用棉花蘸些烈酒涂在上面。他扎我的时候，我不敢看他，他一边说着“不疼不疼”就猛地扎在屁股上，然后就是一阵胀痛，感觉屁股鼓了一个大包。

有时候，大叔的针管用，烧了一夜就不烧了。有时候，大叔的针不管用，母亲就抱着我走十来里的山路，去乡里找医生。

二

乡里的医生只有一个，姓李，按照辈分，我还要管他叫哥。李医生个子不高，人也挺和善的，在乡里的街道上，租了两间不大的门面房，做了一个简单的卫生室。每次我和母亲去得最早，他才打开卫生室的门，一股青霉素的药味就冲进鼻子，我害怕这种味道，常常待在门口不愿意进去。

李医生也不生气，擦了擦有些年头的凉椅，喊我进来做皮试。我硬着头皮进去，歪着头不敢看他。母亲半抱着我，用身子挡着李医生，扶着我的手，让我把拳头攥紧。

李医生拿出一个大铁盒子，打开后里面有剪刀、酒精、注射器、针头等医用工具，我喜欢他盒子里面那个粗长的黄色皮筋，如果把这个皮筋拿走，做弹弓打鸟，应该很厉害吧。不过，我也只是想想。他用那个黄色皮筋捆住我的手，然后找到我手腕上凸出的青色血管，用小针头慢慢扎进去。

在李医生这儿看病，除了做皮试和打屁股针疼点，其他的还好。除此之外好像也没有别的治疗方式，就剩下打吊瓶了。那时候的吊瓶是玻璃的，很大，就这样沿着塑料管一点点地滴，一瓶子都得一个半小时，我常常打一次针是两到三瓶子。那时候，他那儿没有电视，我就这样傻坐着，似乎能感觉到冰凉的点滴就这样慢慢流进身体，手变得冰凉，脚变得麻木。

在李医生那儿打完针，一般都到下午了。烧退了，精神稍微好点儿，母亲又带着我往回走。那时候，乡里也没有饭馆，饿了，母亲就给我买一包斯美特方便面，我把方便面捏碎，拌着调料，一点点儿地吃。母亲总是什么都不买，也什么都不说，只是带着我往前走。

三

我六岁的时候，受了一场大病，也是自己玩耍找来的病，找来的痛。

那时候，我小叔刚初中毕业，我们几个小孩，黏着他去土房的阁楼上，听他放小收音机听。从土房的堂屋到阁楼，有一个木梯，木梯是爷爷自己做的，就用圆木棍组装在一起，下楼的时候，后面有个堂兄催我，我踩着圆木棍梯子，脚一滑，从梯子上摔了下来。

小叔抱起我，看着我流血的嘴，以为是我的嘴摔破了，再看我胳膊时，白色的骨头已经戳破了我胳膊上的皮肉，硬生生地伸出了两厘米。

我只记得我一直哭，母亲抱着我往后山梁子上跑，想跑着送我去医院。母亲在哭，接着很多人都在哭，跟着母亲一起哭。最终还是被一个会草医的大妈拦了下来，她说这是骨折，她会接。然后，她拉着我摔伤的手，使劲儿一拉，生生把露在外面的白骨拉了回去，然后再使劲儿往上一推。在这一拉一推中，我发出猪叫般的哭声，最后疼晕过去了。

草医大妈说，接上了。然后用各种草药，叫父亲捣碎，敷在伤口上面，又给我找了两块竹子做的夹板，把我的胳膊夹住，再用白布缠着。后面的一段时间，我天天喝中药，每次都是一大碗，有时候实在喝不下去了，母亲就给我一颗冰糖含在嘴里。

我常觉得手疼，有时候是痒，懂得一些病的大人们都说，痒是生肉呢，快好了。母亲半信半疑，终于在一个月后，把白布和竹板拆开了。原来我的手并没有接好，胳膊上的肉已经开始腐烂了，夹杂着草药，血肉模糊成一片，有的地方还能看到一些白骨。

那时候已经是腊月了，父亲带着我去城里的大医院。走到镇上，然后坐那时候为数不多的面包车，再到车站坐火车。

那段时间，我一直待在医院，从清理腐肉、重新接骨，再到后面取钢针，我的胳膊来回缝了三次，现在仍然有疤，像一个蝎子虫一样趴在我的胳膊上。那段时间，我打了很多青霉素，甚至在后面几年里，我出的汗、尿的尿都有一股青霉素的味道。

四

六年级的时候，我肚子上长了一个脓包，别人长脓包可能很小，长到核桃那么大，擦点药就好了。而我肚子上的脓包能长到苹果那么大。

母亲带着我去医院，先是去乡上找李医生，打了几天消炎针不见好，又带着我去镇上找医生。去镇上的路都是山路，我走不成，一走就疼。母亲找来平时背苞谷的背篓，让我坐在背篓里，背着我去镇上。

我们那里所谓的山路，就是翻山，去的时候从山尖走到山脚，回来的时候从山脚走到山尖，不管是下坡路还是上坡路，背背篓的人都是不好走的。那时候我体会不到母亲的辛苦，就躲在背篓里，不敢把头伸出来，害怕会遇到同学嘲笑我。

就算是这样，来回去镇上打了三天针，肚子上的脓包还是没好。我常在夜里疼哭。母亲就在夜里去找村子里的大爷，听说大爷那里有“七叶一枝花”，这是灵药，又比较少见，大爷一般都不给别人。母亲求来了一小节"七叶一枝花"的根茎，磨成粉，搅着陈醋，用一根鸡毛蘸着，一遍一遍地涂抹在脓包上。

果然有效，脓包在慢慢缩小，也渐渐变软，按照土话说，要化脓了。然后母亲带着我去找李医生，开了刀，清出脓，才慢慢好了。

五

初二的时候，我得了腮腺炎，这是夏季常见的传染病，每人会患上一次，以后就不会再得这个病了。

我请假回家，母亲带我去打针，过了两天，快好了。那天下午，我没经得住表弟的诱惑，去河里洗了个澡，当天晚上就开始发烧，高烧到四十度不退。

去乡里、去镇上的医院都不收，母亲带着我坐车去邻镇的医院，医生和母亲想着一切办法给我降温。把我的身上放满夏天常吃的冰袋，灌肠、打退烧针都不见效。晚上我迷糊中，听见医生说，如果今天晚上我再不退烧，就没有任何办法了，建议母亲把我送到县上的大医院去。

母亲焦急，便在夜间跪在地上，求神仙保佑我，求附近寨上的大帝，一边说一边磕头。不知道是神灵的作用，还是药物的作用，第二天我的烧真的退了。

我考大学那一年，母亲凌晨四点的时候，喊我起来，放鞭炮，点香烧纸。母亲说我长大了，在我成长的过程中，她向神灵许了不少愿，也都灵验了，现在是还愿的时候了。

我依着母亲，磕头烧香，我知道母亲信仰的是神灵，而我信仰的是母亲每一次的细心关怀。

六

当老师后，讲课很费嗓子，每当天气干旱的时候，咽喉炎就犯了，常常在夜里咳嗽。母亲责怪我，说这都是不喝水的缘故，于是每年在老家摘了不少金银花，蒸过后，再晾干，放在冰箱里，嘱咐我泡水喝，还要加冰糖。

母亲每次唠叨的时候，我总是不说话，脑海里常想起小时候的她。那时候父亲常年外出打工，正月走，腊月回，她一个人顶起家里的天，做农活，种着十几亩地，照顾着我和妹妹上学。

我的顽劣，我的一些病，常让母亲在夜里流下泪水。病在我身，痛在她心，她那操不完的心，似乎并没有因为我的长大而消退，只会变成重复的言语，时常在我的耳畔回响。

油桐树下的秋千

油桐树在我们这儿，是比较常见的。分散的枝干，硕大的树叶，虽然有大有小，但扎在林中草间，就是一丛，撑着碧绿的树冠，特别惹人注意。

堂哥的屋后就有一棵油桐树，长在小路旁的一个土包上，枝干有大碗口那么粗，略有点儿倾斜，形成一把打开的大伞。

油桐树的叶子和其他的树叶不同，是心形的，大而且尖，左一片，右一片，有的还重叠在一起，像是一把把蒲扇。叶子的叶脉也比较清晰，浅绿色的，中间的是主线，剩下的叶脉围绕着主线慢慢伸展开，整齐且富有规律。

每年三四月份的时候，油桐树就开了花，比起它那硕大的叶子，它的花是娇小的，净白的花瓣像是柔软的纸片，花心又是橙红色的，一朵朵藏在叶间，偶尔露出半个头来。

在小时候，自从这棵油桐树开花后，我们这群孩子就常来树底下玩。油桐树下有一块平地，长在土包上的油桐树，和这块平地上刚好形成了一定的落差。我们从堂哥家里找来了两根粗绳，在杂物堆里找到了一块木板，选了油桐树上一个粗壮的枝丫，做了一个简易的秋千。

秋千做好后，我们都想去试试，可是这个秋千太小了，秋千的木板上只能勉强坐一个人，就算是使劲儿往前荡，也荡不多远。不过，就是这样的秋千，就足够我们开心了。我们还搬来了几个方石头，放在油桐树下的平地上，坐着，等着，等待自己能在秋千上玩一小会儿。

这棵油桐树可被我们折腾坏了。秋千摇荡时，摇落了它树上的花，落在我们的头上，落在秋千的木板上，也是落了一地。我们还常常摘它的叶子玩，在叶子上放了些细石子，包成粽子，假装做饭。可是油桐树却毫不在意，就这样生长着，依然茂盛，依然是一丛绿荫。

夏天来的时候，油桐树下更加热闹了。中午的时候，大人们都在家里午睡，而我们这群小孩子从来没有睡意，约在一起，来到油桐树下。

夏天的油桐树已经长出桐籽，桐籽的身子是椭圆的，两头尖尖。我们在油桐树上摘了几个桐籽，扔在地上当皮球踢，你一脚，我一脚，桐籽上沾满了泥土，直至滚到哪个角落里，藏在我们都找不到的地方。

春天挂在油桐树上的秋千，最终被我们玩坏了，绳子断了，木板碎成两块。我们又找到更加结实的绳子，并找了一个自行车的车轮，绑在油桐树上，做了一个新的秋千。

用自行车的车轮做的秋千比木板大多了，只是车轮上的钢条有些硬，坐在上面有些不舒服，不过这丝毫不影响我们争着玩耍。有人坐秋千，有人推秋千，摇晃而动的清风，吹在我们的脸上。

蝉一直在不停地鸣叫，应和着我们的欢声笑语。外面的太阳依旧火辣，油桐树下依旧阴凉，阳光透过油桐树的叶隙，洒在地面时，留下了一些斑驳的碎影。秋千上那一根根的钢条，也投下细长的影，慢慢转动着童年的时光。

后来，村子里重修了梯地，那棵油桐树在这次修地中不见了。油桐花、油桐叶、油桐籽、油桐树下的秋千，还有油桐树上留下的印痕，都在静默的时光里，消失不见……

拾柴火的小孩

以前，在腊月二十以后，都要选一个有太阳的暖和天气，到山上的林子里拾一些柴火，留着过年用。

山里的人，做饭和取暖都要用柴火，尤其在过年的时候，人们喜欢烧大火、烤大火，要是没有好的柴火，这年也过得冷清。

厨房的灶门前，要时常准备些引火用的秸秆和竹片，或者是杉树的刺，这些能很快把火点燃。堂屋地下的火塘旁，要准备些耐烧的粗木，或者是大树根，让火塘的火一直不断。屋檐下，还要码一些锯好的柴火，要劈成柴火块，用来做饭和在炉子里烧水。

这些常用的柴火都需要人去准备。父亲从外面打工回来后，都要在腰间挂着砍柴的弯刀，手里拿着大铁锤，背着背篓，去山上的林子里拾柴火。

山区的林子太多了，除了一些梯地，就是一片片茂密的树林。在寒冬腊月，很多树木都枯了，不用去伐木，就能在林子找到很多好烧的干柴火。

父亲拿着大铁锤，是去打林子里的枯树根。林子里有很多大树老了，枝干也都没了，只留下树根。老树的树根不是细小的，而是一个大疙瘩，需要用大铁锤使劲儿敲打，才能从地里拔出来。一上午的时间，父亲都能打出一背篓大木疙瘩，大的、小的都有，然后再整整齐齐地码在火塘边。

那时候，我也要去拾柴火，有时候跟着父亲，有时候跟着几个堂哥。大木疙瘩我们是拾不了的，只能去林子里捡些细枝木棍。

我们常去拾柴火的地方，是在后山梁子上，后山梁子山高，枯树也多。冬天的树叶都落完了，树干光秃秃的，一层厚厚的落叶，把林子铺得很柔软。父亲到别处去找树疙瘩了，我跟着几个堂哥，在林子里踩着落叶发出沙沙的声音。

掉在地上的柴火是最好拾的，但都太小了，堂哥把这些留给我，嘱咐我把这些小树枝拾在一起，堆起来。堂哥们个子高，要去找更大的枯枝，有的枯枝架在了树枝间，堂哥们先去摇树干，或者直接爬到树上去，能勉强碰到枯枝了，几个人合力使劲儿拉，把整个树枝都拽下来。

拉下来的树枝有很多枝条，这样是不好拿的。堂哥们又用柴刀把枝条都分解开，粗的他们拿着，小的枝条又留给我。跟着堂哥们，不一会儿我就拾了一小捆柴火，我们把柴火都抱到路上，然后再用绳子把柴火捆起来。

从林子里出来的我们，常常头发间挂了一些树叶和细枝，细细的汗珠淌在脸上，但脸上仍旧还是洋溢着笑容，毕竟这一捆柴火是自己的劳动成果。

从山梁子下来，往回走的时候是下坡路，不好走。我把那一小捆柴火扛在肩上，有的路很滑，便找根木棍，一只手拄着，一只手扶着肩上的柴火，生怕柴火会摔散了……

这段记忆，还常常走进我的梦里，梦里那一个个拾柴火的小孩，走在弯弯曲曲的山路上，在冬天的暖阳里，烙出一个个坚实的背影，稚嫩，又显得无比伟岸。

老姚

一

老姚是我父亲。我跟他一样，都属马，老姚大我二十四岁。

在我小时候，关于老姚的记忆是散碎的。老姚和母亲结婚后，爷爷就分了家，我们家就得到了两间土房。我出生后，房子是不够住的，老姚就筹钱，又在旁边盖了两间土房。

那时候家里没钱，常常没有米下锅，只有顿顿吃玉米糁。我过完周岁后，老姚就出去打工，想办法挣钱，先是到武当山茶厂，后来厂里效益不行，挣不到钱，便回来了。

我依稀记得我们家还做过菌子，老姚在乡里学了种菌子的技术，买了很多菌种，装在大玻璃瓶里。然后他去山上砍桦树，做菌杆，再在菌杆子上挖些圆孔，把菌子放进去。

夏天雨水多的时候，菌杆就会结出菌子，有一些是木耳，有一些是香菇。老姚把这些木耳和香菇晒干，拿去卖，似乎也没有卖到多少钱。

后来，老姚还做过凉鞋生意，在镇上提货，进了一大袋子花花绿绿的凉鞋，和母亲一起，背着转山卖。同样收益甚微，微薄的收入支撑不住家里的开销。

母亲说老姚没有做生意的天赋，不管做什么都挣不到钱，还是叫老姚出去打工，她一个人在家里照顾我和妹妹，顺带种着家里的六七亩地。

后来老姚就跟着村里的人，去了山东金矿，之后年年都在那里，一直到现在，一直这么多年。

二

比起严厉的母亲，老姚对我是疼爱的，从来没有打过我，每年打工回来，都会给我买一些玩具或者是吃食。或许是没有打我的机会吧，每年他都是腊月二十几才回来，正月没过几天就出去了。

母亲跟我们说老姚要回来的时候，我和妹妹要在外面等一天。一边等，一边喊，直到天黑，嗓子都快喊哑了，老姚才在山下应了一声，我们这才知道老姚是真的回来了。

我读二年级的时候，大概是家里最困难的一年。快过年的时候，老姚也刚打工回来，我却一不小心摔断了胳膊。老姚到处去给我借医药费，能跑遍的亲戚都跑了个遍，三十、五十，能借多少就借多少。然后带着我去市里找医院、找医生，住院的时候，每天老姚在病房里，买了一个锅，给我熬点儿白粥，他吃饭的时候，常常也是应付应付，一个包子，一个饼，就说自己吃饱了。

有一次我打完针后，老姚带我出去玩，看市里的汉江大桥，去转市里的公园。公园里有一个能升降的直升机玩具，我看到别的小孩坐，我也想坐。老姚想了想，在兜里拿出两个硬币，给了售票员。

坐在直升机里，并没有我想象的那么好玩，只有一阵眩晕，不一会儿就降落了。我觉得害怕，且没有意思。走出公园后，老姚让我坐在他的肩膀上，让我把他的肩膀当飞机坐，慢慢跑着，穿梭在市里的小巷子里，跑着跑着，还骗我说他迷路了。

看着天慢慢黑了，我很害怕真的会迷路，吓哭了。老姚拍了拍我，指了指前面，对我说，那不就是医院吗？那时候，我总以为，世界上所有的路都是相通的，不管老姚怎么走，都能带我回来。

三

我读四年级的时候，老姚打工挣了一些钱。那一年，老姚把我们四间土房子重新修理了一遍。先是烧了一窑瓦，把屋顶上的瓦都翻盖了一遍。在墙面上刷了石灰，屋里屋外都是白白亮亮的，屋里的地面上还打了水泥面，外面的石头台阶也被水泥抹得整整齐齐的。

那时候，村子里还没通路，老姚就请人在去河边的公路拖水泥，还专门请了两个水泥匠，把屋子收拾好后，还在房前盖了一个阳台，在屋后盖了一个水窖。通电后，老姚还在屋里买了一个 29 英寸的彩色电视，这大概是当时村里最好的房子了。

收拾好这些后，老姚又出去打工了。过了几年，我上了初中，老姚告诉我，我们可能要搬家了。老姚和母亲想把房子盖在乡里的大公路旁，这样买东西、上下学，就再也不用来回走路了。

我去看的时候，房子的地基已经筑起来了，紧紧挨着笔直的沥青路，宽阔的公路上，许多车来回飞驰着。从小住在村子里的我，从来没有想过自己能住在公路旁。并且老姚告诉我，这次不是要盖土房，而是要盖水泥钢筋结构的洋房。

我从来没有住过洋房，在土房里，我们都是住在一起的，老姚和母亲一个床，我和妹妹一个床。老姚说，这个房子盖好以后，我和妹妹每个人都有一个房间。这让我无比期待着。

大半年后，房子真的盖好了。三间房的地基，两层楼。我们就这样从村子里搬到了公路旁，有明亮的电灯，有自己的房间，能坐着车上下学。

四

我初三的时候，把在外面打工的老姚气回来了。那时候我的学习成绩很差，感觉自己考不上高中，想去读职中，想去更加自由的环境，写着我当时以为能发表的小说，并做着出书的梦。母亲去学校劝我，我不听，在中考前，我背着铺盖卷从学校回来了。

老姚听了从山东赶回来，把我的铺盖卷送到了学校，跟老师说好话，让我把初三读完，参加中考。我说我考不上，他对我说，先考，考不起我给你买。那时候高中有“择校生”，没考上高中，需要额外交很多钱。我强迫着自己去参加中考，自然是没考上。母亲带着老姚给的四千多元的打工钱，去高中给我报了名。

老姚要走的那一夜，我没有睡着，躲在被子里给老姚写了一封很长的检讨信，还在信里加了一张我初中毕业时拍的照片，叫老姚走的时候带上。信的内容我早就已经忘记了，只是记得我说了很多我想说的话。

高二的时候，我才慢慢发觉我要努力了，但是光靠我的文化课的成绩，是不可能考上大学的。我向家里要钱，想去学美术，想通过艺考上大学。那时候，学艺术的学费很贵，乡村的家长一般都不会让孩子去走艺术这条路，除非是没有办法。

我给家里打电话说了这件事，老姚和母亲几乎没有犹豫就同意了。高三开学的时候，我拿着老姚给的八千多元的银行卡，来到西安学美术。第一年，没有考上。成绩出来的时候，差了两分。我说我想去复读一年，老姚又同意了。

五

我考上大学那年，家门前居然要修高速公路，并在我家门前设计了一个上下高速的立交桥，来了很多外地的建筑队，家里的二楼租给工人了。老姚也从外地回来，和母亲在家里的一楼开了一个小卖部。

修高速公路的时候，人很多，我家门前就是造桥梁的工厂，所以小卖部的生意很好，吃饭的时候常常挤满了人，但工地上常常有上夜班的人，老姚和母亲都睡得很晚。

老姚白天的时候，还去工地给建筑队干活，有的时候是用小推车推砖，有的时候背钢筋或者是木杆，还帮着一些包工头做些小工……

老姚的名字就是那时候被人叫起来的。只要有人喊"老姚，老姚"，他不管多晚都要起来，干活，送东西，好像怎么都不累。

我大学通知书来的时候，老姚还在工地里干活，当我打开那方方正正的邮件，拿出红色的通知书单子时，老姚已经回到了屋里。老姚伸出沾满油渍和泥土的手，想接过来看看，又收回去了，但我看见了他嘴角边那欣慰的笑容。

我去上大学的时候，老姚在小卖部的抽屉里给我拿了五千块钱，说是给我买笔记本电脑，他知道这是我想要的，这算是奖励我的。

六

今年三月份的时候，家附近有人要在车上卸钢条，喊老姚去卸车，老姚饭都没吃完就去了。结果在卸车的时候，旋转的钢条头一下子碰到了他的左手，左手的中指和食指被掀掉了一大块肉，血搅着钢条上的锈迹，渗在米黄色的手套里。

我骑车送他到镇上的医院，在路上，我骑得飞快。他说骑慢点，没事，不疼。三月份的风还有点儿冷，雾蒙蒙的天像是飘着黄沙，老姚坐在车后面，用右手捏着左手，一声不吭。

我眼睛里进了风，看着远方，感觉有些模糊了。我突然想到，这样的擦伤可能是老姚经常经历的，日复一日，年复一年，与钢铁，与泥土，与矿石打交道，不知道受过多少次这样的擦伤，只是我不知道罢了。

来到医院，医生要剪开他还戴在手上的手套，我帮忙抬着他受伤的手，看着那血肉模糊在一起的手指，我心中一阵酸楚，转过头，不忍心去看。

医生给老姚清理了伤口，说是要去县里检查有没有骨折。做了检查后，医生说还好骨头没事，缝了针，在医院里住了两个周。

好了后，老姚又出去打工了。前两月，母亲打电话说，老姚在下矿的时候，有一个落石伤了他的背，还好没有伤到背上的骨头。每次听到这种消息，我总是心一沉，又觉得自己很没用，还让五十多岁的老姚出去打工。

我又想起母亲给老姚打电话时的唠叨，母亲给老姚说，去买点儿肉吧，干重活很伤身体。老姚说，还有白菜和辣子，下点儿面拌一拌就好了。

他总是过着凑合的日子，有了一点儿钱，就打到我们的银行卡里，让我们一家人衣食无忧。

七

老姚真的老了。泛白的头发染了一次，再染一次。

老姚真的老了。我也从一个吵着、喊着、等着他回来的小孩，变成一个有女儿的大人，但他仍然是家里的脊梁，无论什么事，都挡在我们前面。

老姚，我的老父亲。他从不抱怨，只是悄悄地陪伴在我们身边，看着我们慢慢长大。

我想，在多年以后，也有人叫我老姚。只是我不知道，我能不能像老姚那样，在雨中做一把永远打开的伞，挡在家人的面前，永不倾斜，永不倒下。

父亲的收音机

父亲买回来了一台收音机，黑色的，方方正正的，有一米多长，四十厘米高，这在我们的村子里，算是最大的收音机了。

收音机是父亲从一个舅舅手里，花了两百五十块钱买来的。这在当时可不算是小数目，但对于还没有通电的村子，这是唯一能响的娱乐电器了，这个价钱也值得。

我们村可能是通电最晚的村子，我十岁前，一直过着点煤油灯的日子，没有电，似乎就与外面的世界隔断了。偶尔听见村子里立在木杆上的大广播响了，都能激动很久，只是里面都是乱糟糟的杂音，也听不清广播里面说着什么。

父亲的收音机买回来后，家里突然有了些响动，这对于我来说，比得到什么玩具都开心。

我蹲在一旁，看着父亲把收音机的电池仓打开，把一节节大公牌电池装进去。装进去的大公牌电池有我拳头那么大，家里用的手电只需要用两节这样的电池，而这个大家伙需要整整十节。

电池装好后，父亲把收音机放在窗台的桌子上，从收音机的上方抽出了一条细长的金属天线，然后转动收音机上的圆形按钮，进行调频，先是一阵嗞嗞啦啦的声音，然后就有清晰的人声传来。

里面的声音有时候是新闻播报，有时候是歌舞节目，还有讲故事、说相声等等。我们小孩总是记不住收音机播报的内容，只是感觉这里面的声音是从很远的地方传来的，温柔好听，让人着迷。

有了收音机后，家里突然多了很多客人，在傍晚的时候，村里的人都到我们家里来听听广播，聊着我们小孩听不懂的事。

除了收听广播，这个收音机还能放磁带。一盒盒小小的磁带，有着花花绿绿的封面，用塑料盒装着，特别精致。打开包装盒，拿出那小小的磁带，放进收音机里，随着两个齿轮的转动，优美的音乐从收音机的喇叭中传来，温婉，动听。

如果是播放旧的磁带，有的时候还会卡带，细长的褐色磁带条会卷进收音机里。我们慢慢把磁带条从收音机里拨出来，再用筷子转动磁带上的小齿轮，把磁带条慢慢卷进去。要是这一节磁带条已经用不成了，我们就把这一节用剪刀剪掉，再用胶布接起来，这样还能听。

实在用不成的磁带，父亲会给我玩。我用石头把磁带壳砸开，然后抠出那两小节磁带条，跑到屋后的树林里，把褐色的磁带条绕在树之间，细细的磁带条会在阳光下发出闪闪的光，特别好看。

通电后，家里买了电视机，就没有人再听收音机了。磁带也被我这样一盒盒地玩没有了。几次搬家，这台收音机都没有扔，仍然放在家中的一个角落里，落着灰尘。

每次过年的时候，我总想着去看看它，想着它在之前的新年里，给我们带来的欢乐。擦掉灰尘，试试收音机还能不能用，这次不用装电池了，直接插上电，收音机上的彩灯闪了起来，还能亮，还能用。

按下开始键，咔嚓一声，放磁带的仓打开了，只是我再也没有磁带去播放了。收音机的天线在很久以前被我折坏了，也收不到声音了。现在这台收音机，像是一个空荡的老屋子，亮着灯，只是没有人回来。

细细一想，父亲买的这台收音机，在我家里留了二十多年，在这么漫长的时光里，它收藏着我们的童年欢乐，记录着我们的成长时光，然后默默地躲在一个角落里，等着我再次找到它，再次除掉它身上的灰尘，再次点亮它的灯……

被遗忘的彩色电视

我读四年级的时候，村子里终于通了电，父亲想的第一件事，就是给我们买一台彩色电视。

就在通电那天，我早早地跑到村口前的公路旁，等着来送电视的姑父。姑父是卖电视的，父亲前几天已经托人告诉他，要买大点儿的，刚好通电这天送来。

我的心已经急得不耐烦了，隔上几分钟，就朝着路口张望着，侧着耳朵听着远处有没有车的响声。实在等得无聊了，就找了一根木棍，在湿土地上画着电视机的样子，想着姑父送来的电视机是不是这样。

嗵嗵嗵……是车的声音，我急忙站起来。看着公路的远处，微胖的姑父开着三轮车一摇一晃地过来了，三轮车后面还放了一个大纸箱子和一口白色大铁锅。

我跑到公路上面的山坡上，朝着家里的方向喊着父亲，父亲背着背篓来背电视，还找人帮忙抬着那口大铁锅。我走在后面，拿着些小箱子。

那时候安装电视，可不像现在这么简单，插根网线就可以了。首先就是要接收电视信号，这时候我才知道，那口白色大锅是卫星锅，需要放在高的地方，连着电视，电视才能接收电视信号。

父亲和姑父把那个大铁锅搬上屋顶，掀开屋顶上的瓦片，把卫星锅固定在屋顶的房梁上，然后牵了一根白色的信号线，穿过窗户的缝隙，再接到家里。

姑父终于要打开那个大纸箱子了，我站在一旁，好奇地看着。这电视真大，屏幕快要比得上一个小窗户了，后面还凸起了一个大疙瘩，颜色是银白色的，屏幕下面是一个方块形的电源按键，旁边还有几个插线的小孔。

卫星锅安好了，电视也放到了柜子上，可是村里的电还是没通。我一会儿跑到外面看看卫星锅，一会儿跑到屋里看看电视，电视的屏幕映出我瘦小的影子，却没有任何画面。

天黑了，父亲和姑父他们还在外面忙碌，我等得有些困了，躺在床上睡着了。晚上的时候，突然听到电视里传来了人说话的声音，我立马从被窝里钻出来，果然是通电了，我终于可以看电视了。

那时候的电视，只有十几个卫视，画面还带着些像雪花一样的小白点，不过这丝毫不影响我对它的钟爱。有时候风吹动了卫星锅，电视的“雪花”太多了，我还要搭着梯子爬到屋顶上去，去转动卫星锅。

刚通电的时候，村里只有我们家有一台彩色电视，晚上来看电视的人太多了，小小的屋子坐满了人，我们小孩只能坐到柜子上，每天晚上两集电视剧，村里的人都准时来，像是看电影一样，说说笑笑，欢乐无比。

电视里的那些经典剧目一直伴随着我的童年，同伴们之间的话题，永远也离不开电视。我无比羡慕武侠电视剧里侠客们使用的兵器，并用木头模仿着制作了一些，还偷父亲做家具用的砂纸，把它们打磨平整，天天把木刀、木剑带在身上，到处跑着找同伴进行比武。

搬家以后，这台彩色电视也一起随我们住到了新家，卫星锅换成了小锅，接收器也是数码的，画面上不会有“雪花”了。别人家都换成了轻薄的液晶电视，我们还是看这台旧彩电。以前是全村最好的电视，现在和更大的液晶电视相比，它显得有些老土了。

有一次下大雨打雷，它烧坏了，没有了图像，只好请人来修。修理工拆开了它的身体，我看到了它内部的模样，一根根细小的电线，一个个导管都布满了灰尘，有些地方还生了锈，它真的老了。

修好了以后，又用了几年，它还是寿命到了，已经开不了机，修理人员说已经没有修的价值了。从四年级开始，陪了我十几年的彩电，还是熬不过漫漫时光。

家里没有地方放，母亲五十块钱卖给了收破烂的，这台彩色电视就远离我而去了。它走了，又有更好的液晶电视代替它，它慢慢被我们遗忘，只是偶尔向墙角一瞥时，才发觉好像缺了点儿什么。

那台彩色电视，像是我童年里的过客，给我留下了许多的影像，然后又悄然离去，又像是归人，在某个时刻带着记忆的潮水，浩荡而来。

我的柳树村

一

我所居住的村子，叫柳树村。一条曲折蜿蜒的河流，河边有一棵棵粗壮的老柳树，这大概就是村名的由来了。

柳树村在合并了几个村子后，变成了大村。村头是公路的一个弯道，拐弯后就是邻镇了。我家就在村头附近，在上初中的时候搬到这里，在这里住了也有十几年了。

河流也和公路一样，在村头拐了一个弯，形成了一个大水潭和一片沙滩，这是我那时候常去的地方。沙滩上的沙很细，蓝白色的沙子在河边铺了厚厚一层。我们在沙滩上找鹅卵石，用沙土搭房子，玩得不亦乐乎。

我记得有一年夏天，河里涨了大水，大水过后，沙滩上居然出现了不少贝壳。贝壳平时我们在沙滩上是能找到一些的，只是都太小，只有我们的指甲盖那么大。就这样的小贝壳，我们都如获至宝，争着抢着要。

这次涨水在沙滩上留下的贝壳，居然有瓶盖那么大。我们从没见过这么大的贝壳，几个孩子在沙滩上不停地捡着，不一会儿手掌就装不下了。

我想了一个办法，在沙滩上挖了一个大坑，把捡来的贝壳都放在里面，然后用沙子盖上，还立了一个石头做记号，等着玩好了再回家拿袋子装。等我在河里玩够了，再把袋子拿来时，那些贝壳都不见了。

那时候，我才知道贝壳是会跑的……

二

村头的大水潭很深，水是绿茵茵的，清澈无比。狭长的水潭靠着山体的石壁，微微地拐着弯，水潭边还放着人们过河的搭石。这个水潭几乎承载着我那时候所有的欢乐，夏天的水潭永远少不了我们这群孩子的身影。

暑假里，我们趁着大人们午睡，悄悄溜出来，在水潭里游泳。从开始只敢在水潭边，看着别人在水潭里翻腾，到慢慢下水，再到试着漂在潭面上游，最后能潜到水底下，我在这个水潭里学会了游泳，虽然是狗刨式的，但不至于溺水。

每到午后三四点，水潭里的水被太阳晒得温热，我们男孩子就像是下饺子一样，扑进水潭里，平静的水面被我们翻腾起阵阵水花。从潭边游向山体的石壁旁，站在壁前的立石上，猛地扎进水底，摆着双臂，顺着潭底的沙石潜游，又游到潭边。我们就这样一次又一次地来回游泳，乐此不疲。

有时候，我们还把皮球放在水里玩，或者拿来废旧的轮胎扔在水面上，不停地开发着新的水上游戏项目。游累了，我们就回到岸上，耳朵在游泳的时候进了水，就找块热乎乎的鹅卵石片，紧贴在耳边，歪着头，蹦一蹦，水就能出来。

那时候，这条河里还有很多小鱼和螃蟹。在河水浅的地方，我们悄悄地搬开一块块石头，用双手慢慢摸着小鱼。我手笨，常常捉不到鱼。就和妹妹一起在河里捉螃蟹，横着走的螃蟹比起灵活的鱼，要笨拙很多，捉它要容易多了，用两根木棍一夹，就能放到瓶子里。

我们把在河里捉的螃蟹带回家，母亲却说这螃蟹是不能吃的，我们这里似乎没有吃河蟹的习惯。我们只好又把螃蟹放回去，看着它们在河滩上慢慢地爬来爬去，最后躲进河边的石头缝里。

三

我家门前有一大块田，一直从村头延伸到这里，这也是村子里比较平整的一块地了。我们刚搬到这里的时候，田里种着水稻，旁边的水渠常常把田灌溉成一面巨大的镜子。

这块大水田并不是一户人家的，而是很多家的，每家的水田都被高高的田埂隔挡起来，田埂边有一条弯弯曲曲的小路。我常常在这条小路上跑，把河里捉的小鱼苗和小蝌蚪放在田里，或者在田埂上找为数不多的田螺。

后来没人种田了，这块田被种上了菜籽，春天开了一大片的油菜花，家门前一片明亮的黄，黄得耀眼。母亲常要去河里洗衣裳，穿过这片油菜花来到河里，我就跟在母亲后面，帮着母亲用河里的石头搭成小水滩，把衣服放在里面泡着。

春天，柳树也抽出了柳条。河边的柳树有很多，不多远就有一棵，而且柳树很大，树根还拱出了地面，庞大的根系托着黝黑的树身，弯弯曲曲的树干上，生出了不少枝条，还略倾斜到河面上。

母亲在洗衣服的时候，我常常爬到柳树上去玩，去折那刚生出的柳条，编成圆圆的柳叶花环，戴在头上。或者把细长的柳叶摘下来，放在水面上，当作是小船，随着河水流动着。

柳树是很容易存活的，我曾把折下的柳条插在塑料瓶里，在河里灌上一整瓶水，放在暖和的地方，过段时间柳条就能生出根，再把生了根的柳条栽到河边柔软的沙土里，柳树就活了。

四

柳树村的中央，集中住着二十几户人家。以前是一个乡，后来合并成一个村。村子的房子都是围绕公路两边而建的，现在还保留着有了些年代的老房子。

斑驳的白墙，暗黑色的砖，炸裂的木质大门，挂着蜘蛛网的玻璃窗，屋顶上凌乱的电线，这就是村子中的一栋两层老楼。以前这里是供销社，一楼是商铺，商铺卖的日用品放在门外，烟和一些杂货放在木质的玻璃货柜里，我们小孩常喜欢吃的零食放在柜子后的木架子上。

在小时候，总感觉商店里所有的东西我都想买，都好奇。想去玩玩摆在柜台上的水平称，想去拨拨那圆溜溜的算盘珠子，想走近柜台拿自己喜欢吃的东西，但只是想想而已，这些只有商店老板才能做。

后来村子里的人慢慢变少了，商店也变少了，这个供销社又变成村里的卫生室，我在这里挨过不少针，打过不少吊瓶。再后来，卫生室也搬走了。有些房子关了门，只有一个卖摩托车的店还在开着。

村子里还有个敬老院，以前没做大门的时候，我常去玩。那时候，敬老院的房子空了很多，我们几个小孩在空房子里捉迷藏，到处躲，到处找。敬老院里的场地是用水泥铺的，很平整，我们还在院子里抓过石子，滚过铁环，还朝着院子里废旧的鱼缸里扔石头。

敬老院院场的对面靠着一座小山，小山就像是横躺着的逗号，从山脚到山尖，慢慢变宽。山上有一条弯曲的小路连着敬老院的院场，我们常常沿着小路爬到山顶上去。

山顶上有一小块平地，站在这上面，能看到整个柳树村的模样：

在村中弯弯曲曲走过的河流，河床上大大小小的白石，河两边高高低低的房屋，以及向远处延伸的公路……

五

柳树村的河对岸，有一所小学，我曾在那里上过五年级和六年级。小学的用地是村里最好的地方，三面环着水，一面靠着山，河水绕着它转了一圈儿，留下了这块平地，才肯离去。

在小学旁边，又有一条支流汇进了村中的河流，两河交汇，使河面在这里变宽了不少。那时候想要去上学，还得走河里摆的搭石。这里摆的搭石虽是大的长石条，但还是常常被河水淹没了，只好又在长石条搭上小石头，过河时，如果不小心，没踩稳，会湿了脚。

如果下雨涨水了，这些搭石就会完全失去了作用。小学临河的另一面，有一座很高的木吊桥，连着对面的敬老院。下雨的时候，这是我们常走的桥。

吊桥是用四根钢索连成的，上面两根，下面两根，钢索的两头被钉进了石壁里，上了很大的螺丝。下面两根铁索上，铺着窄窄的木板，木板很长时间没有更换了，有的裂开了，有的缺了角。

下雨的时候木板滑，需要抓着两边的铁索往前走，常常抹了一手的铁锈。桥下是雨后暴涨的河水，浑黄的河水翻起阵阵浪花，像是怒吼的猛兽，我真害怕自己会掉下去，被河水吞噬。而更令人感到害怕和气愤的是有大点儿的学生在过桥的时候，总爱故意晃动桥，使吊桥左右摇摆着，让人发晕，走也走不稳。

后来走的时间长了，倒也不怕了。天晴的时候，我们坐在木吊桥上玩，看着有人在吊桥下游泳、捉鱼，有的时候还在吊桥上跑过来，再跑回去，摇着吊桥的木板吱吱呀呀地响。

六

村中小学有两栋楼，一栋是水泥房，一栋是老式的两层砖房。砖房的前面有一块很大的土操场，操场前有两个水泥乒乓球台，球台中间用红砖头隔档着，球台的四边还缺了角。我买不起乒乓球拍，常常站在球台旁边，看着别人打。偶尔蹭着别人的球拍，玩上几板，输掉了又下来等着。

土操场两边有两个篮球筐，也是破旧的。有时候能在老师那里借来破皮的篮球，在土操场上也拍不起来，常常是十几个人在操场上疯抢，谁抢到就投篮。我劲儿小，好不容易抢到了，还投了个“三不沾”，连篮板都没挨着。

土操场的旁边有一片不大的毛竹林，竹子很细，竹林里被我们踩出了很多路，一层层落了的竹叶把小路铺得很柔软，可以直接坐在上面玩游戏。春天到的时候，我们在竹林里掰竹笋，去了竹壳，拿在手上玩，还用小刀去削竹根，放在教室里给老师做教鞭。

土操场的另一半地上种了很多香椿树，一大片，很高大，整整齐齐地排列着。老师说这是以前的学生种的，一年年地长，长到这么高了。香椿树上长出红嫩的芽儿时，就有周边的农户用竹竿打椿芽。椿芽是我们这比较独特的美食，打下来的嫩椿芽焯水后，可以炒肉吃，还可以和面，炸成椿芽鱼儿。

小学的右面还有个火纸厂，只是已经很久不做火纸了，厂里的几间砖房破旧不堪。火纸厂的旁边有个泡火纸的池子，池子里还有很多小毛竹，泡在浑黄的池水里，已经开始腐化了。我们不敢去池子旁玩，怕掉进去，只是在冬天的时候，隔着很远向池子里扔石头，砸池面上的冰。

这里还有一条水渠，顺着学校旁连着火纸厂，水渠上盖上了石板，只是水渠里早就没有了水。我们这些住宿生在下午放学的时候，还钻过水渠里面去，从这头钻到那头，像是过地道一样，特别有意思。

那时候就觉得，学校带给我们的欢乐是无穷尽的，周边所有的一切都能留下我们的脚印，放肆地游玩在学校的各个角落，不知停歇。

七

随着我慢慢长大，时光流逝间，柳树村也慢慢变化着。先是小学撤了，合并到镇上的中心小学，木吊桥也拆了，在小学的另一旁架上了水泥桥。

学校的教学楼空了几年，然后被拆了，那块村里最好的地方，开发成了移民安置小区，盖了村服务中心，还配了广场，有户外大屏和一些健身器材。

村里修了高速公路后，改变了很多地貌，以前玩的沙滩、游泳的水潭都不见了，淤泥堆积后，不再那么深了，变成了很平常的河流。

唯一没变的就是河流两旁的柳树吧，它们仍旧在春天抽出柳条，蓬松成一丛丛碧绿，站在软软的草地上，映在河流间。看似黝黑苍老的树干，却像是怎么也不会老去，时光飞逝，它们依旧茂盛，依旧点缀着我的柳树村。

外婆家

一

我常梦见外婆家的院子。屋顶上一块块石板拼接在一起，低矮的屋檐斜斜地向外延伸着，两根圆圆的木柱子撑着屋檐下的木梁。斑驳的黄土墙有些小洞，粗糙的墙面凹凸不平，还有一些调皮的小孩用白石灰画的道道笔痕。

屋檐下有一条排水用的沟渠，是用青石板铺就的，常年被水冲洗，洁净无比，没有丝毫青苔。两扇木门的颜色泛了白，裂了缝，门上的旧年画贴了一层又一层，留下了去不掉的纸垢。门两边的门凳极小，只有小孩子才能坐。门槛常被人们跨来跨去，变得滑溜溜的。

外婆家的屋子和邻家的房子朝向不同，形成了一个直直的夹角，房前留有一块方方正正的场地，虽然是黄泥土地，但是已经踩得无比平整了。院子场地里随意摆放的桌凳，来回奔跑的孩童，恰好在这时，屋顶上升起了袅袅炊烟……

梦里的外婆家总是这么亲切。夏天里吹来的晚风，带着暮色渐近的情景，化成零碎的记忆片段，时刻飘游在我的脑海，变成脑海褶皱里不易发现的光点，聚拢了，消散了，沉淀了……

二

在童年的暑假里，外婆家是我常去的地方。从我的家到外婆家的村子，常常要走十来里地，每次到了假期，母亲都要带我和妹妹去外婆家住上几天。

外婆家的村子坐落在半山腰，且这个山腰刚好有点儿平地，右边是一个山梁，左边是一条山沟。外婆家的村子就被山梁和山沟环抱在里面，中间有个山脊微微凸起，村子里的十几户人家就住在这里。

知道我们要来，外婆早早地站在村子前的凉亭前等我们。凉亭就位于山脊的最高处，视野开阔，凉风习习。村里的人在这里盖了一个棚，周围用木棍搭了栏杆，放了几把木椅，成了村里人常来的地方。

外婆看到山下有人影，就站在凉亭前喊我们，喊我的名字，喊妹妹的名字，听到我们应了声，她就跑回去给我们准备吃的。

外婆家的三间房都不大。进了屋，跨过门槛后，就是堂屋。堂屋摆着一个大木桌和一个小木桌，大木桌上摆着几把水壶和一些杂物，小桌子是吃饭用的，旁边放着几条木凳。木凳是不常见的长条木凳，矮矮的，能坐两三个人。

许是没有多余的房屋，外婆家的厨房和堂屋是合在一起的。在堂屋的边角里，搭起了柴火灶，安了一大一小的两口铁锅。灶下有一个火塘，烧完饭的灶火都放在火塘里，可以取暖，可以给我们烧红薯和土豆。

我们到了家里的第一件事，就是外婆给我们找吃的。外婆给我们买的零嘴儿藏在里屋。由于和邻家的朝向不同，这间里屋是和邻家的房子重合在一起的，总是很黑。

里屋摆着外婆的床，床头有一个黑箱子，外婆给我们的零嘴儿就在这个黑箱子里。外婆是个精细的人，但凡好一点儿的东西，她都装在这个黑箱子里，并且上了锁。

给我们拿东西吃，外婆是大方的，有时候是火腿肠，有的时候是麻花，还有橘子和苹果。这些都是那时候比较稀有的零嘴儿，需要走很远的路，到镇上的商铺才能买到。

三

一来到外婆家里，接过外婆捧来的零嘴儿，比我小三岁的表弟就带着我在村里到处跑。

村子不大，但同龄的人很多，且都是表亲。一群孩子满村里跑，听到谁家电视开了，就都跑了去，围在一起看。那时候 DVD 才刚流行起来，除了每天看两集电视剧以外，我们还非常惦记大表哥家里有电影的光碟。

大表哥平时都不把光碟拿出来，但他比较喜欢我，我来了，才给我们放电影看。从 DVD 里弹出光碟仓，再把光碟放进去，DVD 发出蓝色的光，一段黑屏字幕出示后，我们期待的影片一帧帧播放着。

看的电影都是当时流行的一些港片，不算清晰的画面还有些卡顿，但快节奏的剧情、夸张的表演、精彩的打斗场面比电视剧有意思多了。

在外婆这里，我常常觉得时间过得很快，几集电视剧、一场电影，就消耗了一上午的时间。外婆家吃午饭特别早，一到中午十二点左右，外婆就来找我。先是一声声地喊，喊不应的时候，就挨家挨户地找我。没看完电影的我，总是不情愿地跟着外婆回去。

在小时候，外婆给我做饭，都是另外做的。外婆的家境并不好，她和外公常常吃苞谷糊儿，或者四季豆或者土豆出来了，就煮一锅四季豆或土豆吃，没有油也没有盐。

外婆在里锅煮着苞谷糊儿，就在外锅给我炒米饭吃，挖一大勺猪油，把米饭炒得油油的。米饭不多，就我和表弟还有妹妹，每人一小碗。

除了炒米饭，外婆还会炒一些腊肉给我们吃。腊肉挂在堂屋的墙壁上，用做饭或者烤火的烟熏着。我们来的时候，外婆就爬上楼梯，给我们割一块腊肉，放在锅里煮着。

从锅里捞出刚煮好的腊肉，外婆就会撕下一块瘦肉，塞到我的嘴里。腊肉在腌制的时候，就放了盐，一块瘦肉能撕下很多瘦肉丝，我很爱吃。在炒腊肉的时候，外婆总是把腊肉切得很厚，一块肥肥的大肉，我总是吃不下，外婆总是说我吃得太少了，难怪那么瘦。

傍晚的时候，外婆总是睡得很早，六点多的时候，就要给我洗澡。夏天的蚊虫很多，外公就在屋檐下点蒿草，熏蚊子。外婆就把一个大木盆放在屋檐下，从锅里舀了热水，装满一大盆，让我脱得光溜溜的，就在屋檐下洗。

我心里很不愿意，但也只能这样。外婆很喜欢给我洗澡，还要把我的头发洗一下，有的时候嫌我的头发长了，遮住了眼睛，就拿着大剪刀给我剪头发，弄得我一直哭，她却在笑，说着没事，没事……

四

我怕极了一种长在外婆家附近的植物，叫作藿麻。我们村里从来没有这种植物，但在外婆这里，却是很常见的。它就长在路边，长在水道旁，岸边也生了一些。

藿麻有着一片片五角叶，细细的枝干交错繁多，一长就是一大簇，藿麻的叶子上有着细细的毛刺，用手轻轻地一碰，就扎得生痛。自从被扎了一次后，我再也不敢靠近它了，总是躲得远远的。

外婆的村庄旁的山沟里，有一条浅浅的小溪，溪水是从山的高处落下来的，巨大的落差让溪水变成一个个小瀑布，冲击出一个个小潭。

外婆有的时候拿着衣服去小溪里洗，我就和表弟跟着外婆一起来到小溪里。山里的孩子对水是天生的惦记，尤其是在夏天里，总想去溪里游游泳。

外婆要走的时候，我和表弟就先跑着去。去小溪的路上，也有很多藿麻，穿着短裤的我们，小腿一不下心就被藿麻扎到了，火辣辣地疼，还会起一个个红红的小泡。但这也丝毫不影响我们要去溪里玩耍，仍然是不顾疼痛地奔跑。外婆走得很慢，喊着我们跑慢点儿，而我们早早地把她甩在了后面。

可能是在石壁上的缘故，小溪冲击形成的水潭太小了些，水只能浅浅地淹到脚踝，这么浅的水是不能游泳的。我和表弟就在潭里捡石头，在潭边砌上简单的岸。石头间有一些缝隙，水还是流走了，我和表弟就在潭里用手捧沙子，放在空隙里，又害怕沙子会随着水流走，我们又弄了一些青苔，把沙子拦住。

砌的石岸总算结实了些，潭里的水慢慢地漫了上来，等漫到小腿了，我就和表弟脱光衣服，跳到潭里。水还是太浅了些，只能躺在里面，游也游不动，但比外婆给我们准备的大木盆有意思多了。

外婆在上游洗衣服的时候，会有洗衣粉的泡沫随着溪水漂到潭里，小潭上方的石壁变得滑滑的，我就和表弟坐滑梯，滑到潭里，溅起一片水花。

小溪的上方有一条蜿蜒的小路，穿过一大片树林，能通到后山梁上。我和表弟曾沿着这条小路，去过后山梁子。走在这条小路上，可以在林中捉趴在树枝上的蝉，还可以在路边摘到一些树莓，有大颗的牛奶泡，有分叉的羊奶泡，还有红色的小麦泡和大麦泡。

我和表弟上后山梁子，是为了找五味子。五味子这种酸酸甜甜的野果，我从未在我们那里见过，好像只有外婆家才有。五味子长得像是玉米棒，只是比玉米棒要小一些，成熟的五味子有着一颗颗紫红色的果粒，特别好吃。

我和表弟倒是去了几次，但是都没有找到五味子，可能是五味子长在林中深处吧，我们害怕林中有野猪，不敢进去。

等再来外婆家的时候，外婆会给我留一些五味子，拿来给我吃，可能是向别人要的。外婆就是这样的一个老人，好像什么好东西都给我们留着，等着我们再来她家。

每次我们从外婆家走的时候，她都会哭，说没给我们好吃的，说我们待的时间太短，要留我们再玩几天。我总是说我要上学了，下次再来，这个借口我一直用了这么多年……

五

我上大学后，表弟和舅舅搬家住在公路旁了，外婆不愿意下来，还是和外公两个老人住在山上，后来外公去世了，就剩下她一个人。

村子里的人也几乎都走了，只剩下几个老人，外婆依旧住在她那个矮小的土房里，一个人孤单地生活着。

大学毕业后，我常在家，母亲常叫我去看看外婆，我每个月都会去看一次外婆，给她买一些花生奶、青菜和豆腐。外婆年纪大了，我快走到她门前时，大声喊她，她都没发现我。进屋后，她才发现我来了，拉着我的手大笑起来，脸上的皱纹堆成了小丘。

外婆还是把我拿的东西锁在她那个黑箱子里，还是在黑箱子里给我找零嘴儿，有的时候是苹果、有的时候是橘子，塞到我手里让我吃，似乎在她眼里，我永远都长不大似的。

有的时候，我有事，着急走，外婆总是想留我吃饭，并爬上楼梯，要煮腊肉给我吃。我示意说，吃过了，叫她不用做。她不愿意，说我嫌弃她，说她老了，也不会做饭了，我们都不吃她做的饭了。说着，说着，眼睛里含着泪花，我听着无比难受……

是啊，这个老人，我的外婆，曾在童年里给了我多少期盼和惊喜，现在的我长大了，却不听她的话了。拗不过她，她又给我做了一碗肉，仍是厚厚的肉块，害怕我吃不饱似的。

走的时候，外婆给我拿了一些土鸡蛋，找了一个袋子装着，我说我们都有，她一再要求我要拿着，然后含着眼泪，把我送到路口。

我看了看站在路口的外婆，骑着车慢慢走远了，外婆家变成镶嵌在山间的模糊线条，昏黄一片，像是山间的孤日，掉进了黑夜里。

路口旁，外婆伛偻的身影也越来越小，如同一棵打了寒霜的老树，守在我童年记忆的巷口，挡住外面袭来的阵阵寒风，永远守着我心田里那方温暖。

故里花事

第四辑

林间桃花白

虽说已经立春了，但在这秦巴腹地，却依旧是冬天的模样，枯树与荒草相互纠缠，滚了满山的枯黄。

有些花卉小枝，在暖阳烤了几日之后，冒出少许绿芽，却又经历寒潮，反反复复，像是未嫁的姑娘，含含蓄蓄，总不见花苞出来，也不管看官心里那如火般的焦急。

在我们这里，野桃花算是最不矫情的，许是因为它野，好像不经意间就冒了出来，第一个站在春的肩膀上，披上满身雪白，傲然独立于枯木间，在荒草枯丛中格外耀眼。

在去小镇的路旁林间，就有一株野桃花，也不知道它何时生在这里，像是两株逐渐长成了一株，倾斜向上的枝条繁多且细长，在林间肆意散开，从不给左邻右舍的灌木低树打招呼，就这样高出了它们半截，独占了那一方天地。

我常在它身边路过，从未见它结出硕大的桃果，四季流逝间，就在这时最为艳丽。忙时，我会匆匆看它几眼。不忙时，我会停车驻足，站在岸边，用手去拉它的枝头，像是在跟它打招呼。

它却不怎么理睬我，依旧挺立在枝头，枝头的嫩条倒也笔直，像是古代仕女的发簪，簪的两边还有花瓣、花苞来装饰。

野桃花的花瓣有些碎小，但却开得匀称，四五片花瓣紧裹着花蕊，犹如一层一层的罗纱裙，裹着花蕊的芊芊细腿，再慢慢绽开。花萼是粉色的，渐次的粉，映着花瓣的白，就是给净白的脸儿画了浅妆，白里透红，分外好看。

花苞圆鼓鼓的，细看也微微泛着浅粉色，有的苞尖已开了小缝儿，散出阵阵沁人心脾的幽香，轻轻微嗅，丝丝清爽在心间流淌。

我常这样停停看看，走远时，还会回头望望那株野桃花，心想着过几天还会开得更旺些吧。

近日，仍是漫无目的地闲走，发现在老家的山坡上也有野桃花，竟不止一棵，隔着几米远，就有一株，大大小小，错落有致，一丛丛盈盈地伸开，摆着独有的美妙舞姿，似乎在一笑一颦间，散发着原生的美，散发着毫无修饰的美。

这些野桃花，有的近，就自由交叉生成一丛；有的远，让少许枝头露在枯木的间隙中。枯木荆条织密了背景，借了好天气的微风来陪衬，这一丛丛野桃花仿佛变成山间流动的云，白得纯净，白得无暇。

生命本该绚烂，野桃花就这样在贫瘠的山坡上留下一抹抹雪白，引人驻足，引人观赏。山上层层桃李花，云间烟火是人家，野桃花自有它的味道，带着春的消息，漫漫洒在林间，留下了让人回味的诗篇。

屋后樱桃花

春色渐浓，行走在乡村曲曲折折的山路上，我常远望着别人房前屋后的樱桃花发愣。

你看，那么大一树，繁茂的花儿簇拥成伞，争艳盛开，不像盆景里面那些小树小花，它能开成漫漫一片，半遮着房屋的青瓦白墙，形成独有的乡村画卷。

我还想着，有雨时，会打落了花，掉落在院中的小径上，浅浅地铺了一层，该多美呀！

记忆中，我的老家，在这般时节，亦有如此景色。

在我老家的村子里，几乎每家屋前或者屋后，都要种一棵樱桃树。大人们种樱桃树，可不是为了观赏的，只是看中它能结出红红的樱桃小果，给我们小孩解馋罢了。

可能是老家的气候适宜，土壤肥沃，小樱桃树苗没过几年就能开花结果，逐渐成为枝繁叶茂的大树，花落果熟后，那一颗颗红红的樱桃可是我们孩童最爱的果子了。

那时，我老家屋后就有一棵樱桃树，樱桃花开时，那樱桃树像是穿上了碎花白裙，随着肢体的伸展，满树烂漫，如花云飘浮，肆意地占据了一大半空地。

樱桃花开时，我常到树下去玩，时时刻刻望着它，想让它快点儿变成樱桃，满足我馋了一年的嘴。有时候我还爬到树上去，时爬上，时爬下；时爬高，时爬低。放学的时候，我还把书包挂在树枝上，卧躺在粗枝丫上假寐，嗅着樱桃花飘来的淡淡幽香，听着蜜蜂在耳边嗡嗡作响，一玩就一下午。

一年又一年，年年盼春日，樱桃花一盛开，我就在树下看花、等果，树下的那块空地已被我踩得无比结实，平平整整的，我还搬了几个方石头来当凳子。

那棵樱桃树越来越大了，有时候，我一不小心弄断了它的细枝丫，也不妨事。它就像是一位慈祥的老者，用一树繁花撑了我的童年，给了我无限的快乐和期望。

搬了家后，我要去别的镇子上学，与屋后的那棵樱桃树慢慢疏远了，它开花时我没来，结果时，也只是匆匆摘了几颗。

后来的春天，有几次没回老家。再见时，它已经衰老了。树下我玩的空地生了深深的杂草，它不开花了，也不结果了，腐烂的黝黑色枯枝倾倒在草丛里，浸着雨水，细碎的枝条也散了一地，被人捡去当柴火烧。

人会长大，树会老去，最禁不起折腾的，便是那时光吧。前几天回了趟老家，看着别人家的樱桃花，开得一棵比一棵繁茂，我总想起童年里的屋后那片烂漫的樱桃花。

一路凭着记忆摸索，走过老家的巷道，在屋后的拐角处，一缕缕熟悉的幽香飘进鼻喉，抬起头，一朵朵雪白的樱桃花晃了我的眼。

再看，又是一棵大而茂盛的樱桃树，和以前那棵相距不到五米远，是三伯种的。那朵朵樱桃花，仍是我记忆中清澈的白，一簇拥着一簇，在清风中摇曳，满是灵气。

我站在樱桃树下，伸手触碰着花蕊，点点鹅黄沾染在指间，几片洁白的花瓣掠过手掌，飘散在地上。

你说，这棵樱桃树就是那棵樱桃树落下的种子吗？我坚信是的。它带着我的记忆又出现在我眼前，仍是一树盛装，映出了我童年里的无尽念想，再飘落到心底，留下一片素净。

林径寻兰草

万物复苏，草木渐盛，每每到了这个时节，我总惦记着老家的兰草花是否开了，那缕沁人心脾的幽香，一直漾在我的心头，绵长在记忆深处。

小时候，我们常去后山梁上找兰草花，在山梁的山坡上，有很多兰草。它们就生在老树根旁，借着树荫遮阳，层层落叶为肥，生活得格外舒适。

兰草的叶子是绿油油的，细长且飘逸，有序地聚成一簇，垂曲有度，那亭亭玉立的花枝就藏在叶丛中。

那时候我们去找兰草花，就是嗅着兰草花的香味去找的。花香是随着风飘来的，并不浓艳，是淡雅素香，悄无声息地钻进你的鼻腔，轻轻的，缓缓的，像是一首萦绕在心头的轻音乐，让你不知不觉地沉醉其中。

闻到花香，倒不用刻意寻找，没隔多远就有一株，有的一株能有五六个花枝，花枝上的花朵像是一串小铃铛，精巧玲珑的花朵朝着各个方向，各有各的姿态。

兰草花放在家里也有独特的清香。我们常常把摘回来的兰草花放在家中的窗台上，用玻璃瓶接半瓶清水，把采回来的兰草花放在里面，然后半开窗户，轻柔的香味会流动在房屋里的各个角落，持续半月之久，才会慢慢枯萎。

我们有时候还会把山里的兰草花挖回来，种在房屋前的花池里，可是它的花越来越少了，第一年还有几个花枝，再过几年就不开花了，只剩下一些残枯的叶子，像是野茅草一样。

几周前，我突然想到了老家山中的兰草花，便选了一个艳阳天，抱着试试的心态去找找看。

山林中的小路已经很久没有人走了，落叶遮住了原本就不宽阔的小径。我拄着半截枯枝，随着记忆中的小路，慢慢摸索前行。

就这样跌跌滚滚，险些摔了一跤，在上山坡的一个石壁旁，终于发现了一株兰草花。

这株兰草不大，叶子比较稀疏，细瞧，在叶丛的根部已有了两厘米长的花枝，白黄色的花壳包裹着细嫩的花苞。可能是时节未到，还没有开花，我也只好就此作罢，扫兴而回。

回到家中，我还是心有不甘，明明是以前常见的兰草花，现在寻来却如此困难呢？难道是找错地方了吗？

植树节前后，我又来到了老家的林间小径，走上了寻花之路，一个人踩着厚厚的落叶沙沙作响，处处寻寻觅觅，也别有一番趣味。

这一次，我来到了下山坡，果然，在一个树荫下找到了一株。这株兰草花虽然也不大，但花枝还比较多，三四个花枝藏在细叶间，隐在落叶中，娇羞地露出半个身子。

半透明的花壳像是轻盈的纱衣，已经慢慢绽开，嫩绿的花瓣已成型，黄色的花蕊点缀其中。阳光透过树隙，掠过叶尖，洒在花身上时，像是碧玉一样，通透无比。

来了两次，终于找到了。我伸手去摘花，碰到那亭亭如玉的花枝时，又犹豫了。

它生活在这里不是挺好的吗？何必要为了一己私欲，去折它，去挖它。草木有灵，择地而栖，兰草的幽香本就属于山野，是我们过于勉强它了。

我蹲下来，用手触了触花枝，它好似能领会我的心思，摇了摇花瓣，仍是幼时那熟悉的幽香，只是这一次，漾在我心里时，更深了一分。

簇簇紫荆花

门前的荒地种上了一些不知名的花树，只有手指头那么粗，纤细的枝条在碎石荒草中，显得格外瘦弱。我总想着这些花树，在这贫瘠的土地上，应该不会存活吧。

就这样过了一年多，这些小花树在摇摇晃晃中，奇迹般地在荒地上站稳了脚跟，只是偶尔被荒草淹没了身子。

它们依旧很瘦弱，也未见它开过花。听种树的人说，它们叫紫荆，在春天的时候，花团锦簇，独秀群芳，格外漂亮。可我从未见过。

去年的时候，它们终于开出了花，只是太小了，就在枝条间冒出了一两朵小紫花，艰难地撑开了两个小花瓣，好像长得也不牢固，一碰就要掉似的。几朵小花怎么也引不起人们的注意，怎么看也不像是传说中的紫荆花。

它们倒不理会别人的眼光，只是静静地生长着，有时候路过的汽车扬起了尘，积在它们的枝叶上，把它们变成一个个灰头土脸的黄毛丫头。

今年春天来的时候，几场春雨中，洗净了它们的身子。突然发现它们的枝条变得挺拔了，好像长高了一些，已经有了一个成人的高度。好多枝头都分了叉，长出了新苗，变得落落大方了。

大半月前，种树的人好像想起了它们，在它们的根部施了肥，慢慢地，原本瘦弱的它们像是吃饱了饭，精气神儿都变得十足了。

随着雨水和艳阳相互来看它们，它们终于开了花。果真，它们的花，和别的花不同。小小花瓣组成紧密的一簇，簇簇绕着枝干爬满了枝条。

细细密密，不给枝条留下任何空隙；温温婉婉，独有它们的韵味和诗意。

从远处看，一片紫红色轻盈地跳跃在紫荆树间。枝枝向上，花花绽放，簇簇花瓣摇响了传递花香的铃铛，形成一阵阵清幽静雅的淡香，慢慢飘散在空气中。

它们终于长大了，像是一位位亭亭玉立的姑娘，在雨中也演绎着独有的风情。随着雨点飘落，簇簇花瓣仿佛在枝头，组成一把把精致的小伞，丝丝雨滴，浅浅地润着它们露在外面的紫色衣袂。

我也打着伞，来到它们身边，看着细细的春雨滴落在花瓣上。在雨中，似乎花瓣的颜色变淡了些，淡紫色的妆容在雨的滋润下，显得更加晶莹。

以前从未在近处细看，原来它们的每一片花瓣都生得如此精致。片片弯曲柔软的花瓣像是别致的小勺儿，勺里白，勺外紫，还含着点点黄红色的花蕊。在雨中，花瓣中的紫色和白色似乎又相互融合了，相互晕染中，产生了独有色泽，像绸带一样柔滑地缠绕在枝头，变换着各个角度，绽放着属于它们的美。

猛地抬头，才发现花瓣上方，已经有了一片片嫩黄的叶子，心形的叶面迎着雨露或者是朝阳，充满了灵动和朝气。

我想伸手去触碰那些花瓣和叶子，又害怕伤着它们，只好迈着闲散的步子，走在它们的身边，看着它们成树成林，棵棵袅袅婷婷。

看的时间长了，恍惚中，我仿佛又看到了它们以后的样子，定是比现在还要美，大概是像古人诗中所写的那样吧，簇簇含芳，簇簇有情，簇簇独暮春。

泡桐花开

泡桐树在我们这里太常见了，长在房前屋后，长在路边林中，枝干粗壮，还无比高大。可是，人们却不怎么喜欢它。

要泡桐树能干啥呢？做家具吧，它是空心的，也做不成像样的家具。当柴火烧吧，它木质疏松，也不经烧，烧完后全是泡沫，飞得到处都是。

人们总不理会它，便由它恣意生长，就算是长在房前屋后，只要不碍事，就和那些林中的野树一样，由它去吧。

估计很少人注意到泡桐也能开花，但是它的花却一直存在我的记忆里，让我在春天里想起。

在我上小学的时候，学校附近的马路边就有几棵泡桐，开花的时候，我常坐在泡桐树下玩，有的时候花会从树上落下来，我常常捡起来拿在手中。

泡桐的花比其他的花都大，一朵花就能占满我那时的小小手掌。花瓣软软的，绵绵的，鼓起来像是能吹响的喇叭。那时的我，还从“喇叭”里取出纤细的花蕊，放在舌尖上，轻吮着，有丝丝清甜绕在喉间。

上初中的时候，学校后的山坡上也有几棵粗大的泡桐，常常伴着雨声，落在地上，沾着雨滴，混着泥土，掉在地上的落叶丛里，被风吹到了我们班的清洁区上。

我们在扫地的时候，常把泡桐花当作垃圾扫来扫去，毛竹编织的扫把常常将它们撕得粉碎，还和垃圾一起倒进河里。

可能是之前对泡桐花残忍了些，之后好长时间，我都没见过泡桐花。

半月前，路过林间的公路，偶然间一抬头，一棵泡桐树上，有着一树的雪白繁花，点染在已绿的丛林间，花头垂垂而下，整齐地聚成一簇。

在蓝天的映衬下，一簇簇雪白的泡桐花，像是在丝绸上用巧手织成的锦绣，在半空中给春天搭起了飞毯。这可高兴了鸟儿，在泡桐树的枝头飞来飞去，用嘴啄啄花尖，踩踩花瓣，一会儿飞回来，一会儿又离去，把泡桐花守着，护着。

尽管人们不喜欢泡桐花，有鸟儿陪伴着，花儿也不孤独。我向前走着，没隔多远，又有一棵泡桐，就在路旁的斜坡上，有个枝丫已经伸到了路边，像是摊开的手掌，低低地放着。

我走过去，细细来看。这束泡桐花，竟然是紫色的。花的外部是浅浅的紫色，粉粉的，绵绵的，像是柔软的布，四五个花瓣合在一起，张开着花口，像是要唱歌似的。

花心里面还有深色的花蕊，一点点地点缀在内部的花壁上，花壁有些黄色，还有些粉白。外紫，内黄，泡桐花还巧妙得很。

枝头还有些未开的花苞，棕黄的花萼把它们包裹着，左右排开，像是一个个铜铃铛，无比可爱。

之后，每次路过这棵泡桐花的时候，我都要去瞄几眼，看着它的花苞慢慢打开，盛开在春天的风里。

这些泡桐花啊，它们从来不管有没有人去看它，就这样一直开到暮春，然后落在地面上，变成残花，给泥土留了一缕谁也闻不到的清香。

种花的童年

我小时候就喜欢种花，倒不是我真的有多喜欢，只是在那时候，种花成了我们全村的一种流行风尚，看谁家的花种类多，颜色漂亮。若是谁家没有几株花，准会被小伙伴们笑话的。

我选择种花的地点，就在自家房屋的场院岸边，自己用小块青砖在岸边封了一个长长方方的花池，由于嫌弃场院的泥土太硬，也没有营养，我便去菜园里找最肥沃的泥土，还拌了一些肥料，然后用竹篮装起来，倒满整个池子。

那时候我们流行种太阳花，太阳花的别名又叫死不了，喜温暖，耐干燥，适应性强，易栽植，容易成活，很快就成为花池里最常见的花种。

我花池里的太阳花多数为黄色，偶尔有白色，每次在太阳升起的早晨，我总要起早，跑到花池边，看看今天多了几个花骨朵。

就算是中午的时候，也要顶着火红的太阳去看看花，看到有花瓣凋落，结成种子，变成花果，我就把它摘下来，剥出细细的种粒，深深地埋在土壤中，希望它们能开出更多的花。

后来我发现，我花池里的黄色花和白色花是最为常见的颜色种类，便开始艳羡别人花池的红色太阳花和紫色太阳花。

于是我狠下心，用铲子挖出花池里两株最茂盛的黄色太阳花和白色太阳花，从别人手中换回了两小株红色太阳花和紫色太阳花，经过我的细心照料，终于我的花池变得五颜六色。

流行完种太阳花后，又开始流行种仙人掌，理由很简单，仙人掌刺儿多，种在花池里可以防止别人偷花。确实，如果偷花的人不注意，绝对会扎他一手刺。于是仙人掌便成了花池的守护神。

起先，我们村里没有人种仙人掌，只有镇上才有。一位堂哥胆大，去镇上偷采了一块，青绿色的，上面长满了刺。

虽然堂哥手上扎满了毛茸茸的小刺，但他还是觉得值得的，他把那一块青绿色的仙人掌工工整整地栽在他的花池旁，说这就是他花池里的守护神，并且还悄悄告诉我们，别看这仙人掌丑，以后它会开出很漂亮的黄色花朵。

能当守护神，并且能开出漂亮花朵的仙人掌，确实让我们很好奇。我们天天往堂哥家里跑，一群人蹲在他的花池旁，看守着那片仙人掌，希望它的上面赶快长出另一片，好分给我们。

最后堂哥决定，按年龄排队，先给年龄大的，再给年龄小的。我年龄小，等拿到那一小片期望已久的青绿色仙人掌时，堂哥的仙人掌已经开了花。

果真是黄色的，花瓣一片片很轻薄，柔软地聚在一起，真的不像是这么一个丑东西开出的花。堂哥种的仙人掌开了花，给我了无比的信心，我相信我的仙人掌也可以，因此无比期待着。

一年，两年，我从二年级升到了四年级，我的仙人掌从一片到两片，最后到五片，每片都粗壮地连在一起，上面的刺变得又坚又硬，直直地立在花池中，真的像是一个守护神。

四年级以后就要寄宿，每个周末从学校回来，我都要看看我的仙人掌，果真在第二周我回家时，它开花了。

我跑着向堂哥和其他小伙伴们炫耀，才发现他们都已经去镇上读了初中，花池没人照料，雨水把太阳花打得枝叶分离，仙人掌也腐烂了一地，到处都是残破不堪……

后来我又种过很多花，虽然它们已经凋落，但我知道，我种下的是整个童年。

庭院紫薇花

父亲喜欢种花，门前几块空地都有栽种，就连菜地周围也种了一圈儿，芍药、牡丹、月季，花儿从春分到盛夏，虽时多时少，却从未间断过。

许是把花直接种在地里的缘故，少了花盆的束缚，各类花儿的枝条都格外壮硕，一个个都吸足了营养，红的、粉的、白的，各种颜色的花朵自然是娇艳无比。

相互争艳、姹紫嫣红中，有一棵小苗始终没有动静，在庭院的角落里，低着头，微俯着身子，偶尔随着风晃晃悠悠，像是在浅眠，忘了时间。

我问父亲，这是什么苗儿？父亲说，是在别人家挖的花苗，说是紫荆，挖的时候花还没开，也不知道花开后是什么样子的。

我想这应该就是一株普通的树苗吧，以后再也没管过它，甚至有的时候嫌弃它占了别的花的地盘，把它往旁边拨了拨。它也像没脾气似的，弯着细细的腰枝，更往角落里躲着，一声不吭。

后来，为了工作方便，我们搬到小镇上住，母亲帮忙带孩子，父亲外出务工，老家庭院少了人照料，常常杂草丛生。

我偶尔带着孩子和太太回老家摘些蔬菜，不经意间看见了那株小苗，已比之前长高了许多，高过了牡丹芍药，钻出了低树草丛。一条条细枝上，深绿色的小叶整整齐齐地排列着，枝头上还有新长出的芽黄嫩绿，让我惊奇的是，嫩绿的叶间还有细小的花苞。

看着那像玉米粒大的花苞，我来了兴趣，细细打量着这株小苗，透过杂草掩盖的空隙，我看到了几个花苞里面已经冒出紫色的花瓣，一小片一小片的，像一把把小扇子一样绕成一圈儿，环环相抱，把橙黄色的花蕊围在中间。花瓣虽小如米粒，但却整整齐齐，数量等同，排列有序，组成一个个完整的花朵。

原来这不起眼的小苗真的是花！是父亲所说的紫荆吗？显然不是的。我拍了些照片，去网上查了查，原来，这就是传说中的紫薇花。

今年盛夏，再回到老家，比起往年，那株紫薇花已经繁盛了很多，像是邻家的小女孩突然变成大姑娘似的。

远远看到它，一身粉紫色的妆容，在万草皆绿中格外亮眼。紫红色的小花不再是一朵朵了，而是一簇簇的，相互拥在一起，挺着身子，亭亭地俏立在枝头上，像是在绿叶间流动的云。

清风浮动，不粗的树干摇晃起来，蔚蓝的天空上依旧挂着骄阳，而紫薇花依然不惧，随着清风漫舞，一簇轻轻挨着一簇，微拂秀发，听风低语。

“一丛暗淡将何比，浅碧笼裙衬紫巾”，原本并不起眼的紫薇花，让这个已是杂草丛生的庭院增色不少。

我心中既有愧疚，又有震惊。是啊，它掠过盛夏，浅望初秋；步履姗姗，袅袅婷婷；不争春艳，不羡群芳。这紫薇花真是够独特的。

藏在清秋里的桂花香

在这清秋时节，总能闻到桂花香，若有若无的，像是在街角，像是在路旁，像是在每一丝的轻风里。

轻轻一嗅，花香便飘来了，顺着你的鼻尖，像是在跟你捉迷藏，也不见花树，只有花香，淡淡的，如同糅进了空气里，飘着，散着。

这种熟悉的味道，总能把过去的时光带回来，让人想起关于桂花的事情来。

之前所在的学校里，也有很多株桂花，绕着操场边种了一圈儿，都不大，味道却很香，常常吸引着课间的孩童在桂花树下嬉戏。偶尔还有调皮的学生悄悄在绿叶间摘下一两簇，快速藏在手心里，听着上课铃声，急急忙忙地跑回教室。

这些情景常常在我脑海中回想，想到这个学生，可能会把摘下来的桂花藏在书页间，在字里行间中留下一缕缕金黄；可能会把桂花放在同桌的书包里，让书包沾染着缕缕清香。

想着想着，也想起自己的小时候……

那时候，在我们村庄里，也有一棵桂花树，比学校里的桂花树都大，主枝干比我们孩童的腰还要粗，细细的枝条繁多交错，像是一把撑开的巨伞，坐落在三伯家的菜园旁。

三伯是个厉害的生意人，平时我们可不敢到桂花树下玩，只是在放学时，在桂花正开时，趁着三伯外出做买卖，才敢偷偷地跑到桂花树下。

这棵桂花树太大了，地上掉了满满一层桂花，连同一些落叶铺成金黄的毯子，我们就把书包放在树下。在书包里拿出白纸卷成纸筒，调皮地爬上树，去摘新鲜的桂花。

桂花树的树叶也太肥大了些，一片片厚实的绿叶，把那些细小的花瓣都藏在叶隙间，轻轻翻开叶子，一串串桂花密密麻麻，不一会儿就摘满了一纸筒。然后把纸筒一叠，趁着三伯还没回来，赶紧跳下树，装在书包里跑回家。

听大人们说桂花可以泡茶喝，我们把摘回来的桂花放在白纸上晾干，喝水的时候也放上一小撮，不会品，只会饮，有时候连着桂花一起喝下去。

记忆总是随着时光慢慢消散掉，渐渐地，也忘了当时喝桂花茶的味道，只是随着喝下的桂花茶，把桂花的清香留在了心里。

前几天在闲走的时候，又闻到了桂花香，才发觉路边就有一棵桂花树。树不大，但花很多。嗅着花香走近一看，小小的花都盛开了，几片嫩黄的花瓣围着橙黄色的花蕊，朝着各个角度散开着，玲珑精致，温润剔透。

就是这样的小花，一小朵，一小朵组成一簇，一簇接着一簇，又绕满一枝，紧紧密密，重重叠叠，不放过一个枝丫。阵阵花香从花心传来，汇聚在一起，才形成这清雅芬芳的十里飘香吧。

清秋的绵绵细雨，还把有些桂花打落在地上，淡黄的花瓣沾着雨水，浅浅地铺了一层。点点花瓣静卧在青石板上，这边疏疏，那边密密。像是在私语，也像是在浅眠。

桂花落，带着秋意，带着诗意，在潇潇秋雨中，也许还有些忧愁与思念。而我只记得那藏在清秋里的桂花香，像是一句不经意的问候，悄然间，便来了……一回眸，又离去了……

开满山野的小黄菊

像这样的小黄菊，在我的家乡是最常见的。它们都是野生野长，没有人去栽种，就这样长在路边的草丛里，长在陡峭的石壁上，甚至在农家的猪圈旁，还能生出两丛来。

未开花的小黄菊，和杂草差不多。那些四处缠绕的藤，若是挡住了人们要走的路，会被人们生生扯断，连藤带叶地扔在乱石堆里，被太阳暴晒到干枯。有的时候，小黄菊的藤子还会被当作猪草，剁碎了喂猪，猪好像都不喜欢吃，把它们都拱出石槽外。

我们似乎都没在意过这些小黄菊，由它生长着，似乎也没见过它在春天冒出小芽，在夏天里长出繁茂的枝叶，只有在秋天，开出一些黄色的花骨朵时，才会引起我们的注意。

小时候住的村子，离镇上远，买药很不方便，一些常见病和小的病痛，人们都习惯在山上找点儿草药，而这些即将在秋天开放的小黄菊，就是我们的首选了。

每次小黄菊开的时候，母亲都会拿着竹篓，去山上采一些，采那种半开放的花，然后拿回来蒸晒，装在袋子里储藏起来。

我小时候眼睛疼，眼眶泛红，看东西也是朦朦胧胧的。母亲去扯小黄菊的藤，连着叶，熬成黄褐色的水，用毛巾蘸着给我擦眼睛。母亲还把晒干的菊花泡水给我喝，我嫌菊花太苦，吵着要加糖。可是这些菊花确实有效，擦了几遍用它的藤叶熬的水，喝了几天菊花茶，眼睛就好了。

后来搬到镇上住，我已经忘了有多久，没看过开在山野里的小黄菊了。每次上火的时候，也都去药店和超市里去买点儿金丝菊和白菊。

这些菊味道清淡，远没有野黄菊那么浓烈，药性也不足，只是凑合着喝喝，喝了几天就扔在一旁了。

上次在老家附近闲走，居然又看到了小黄菊，它们长在溪流边的山坡上，就这样密密麻麻、星星点点地开了一片。黄色的小花已经完全盛开了，一朵朵花点缀在杂草丛生的灌木丛中，像极了一张张娇俏的笑脸，格外好看。

望着，望着，我有些失神了。它们生长的地方也太过于贫瘠了些，只是修路留下的黄土坡，大大小小的石块到处都是，荆棘和刺藤到处都有，甚至旁边还有河水带来的垃圾，落叶和枯黄的茅草也盖住了它们的身子。

可是，它们竟然长出来了，浅绿的花藤钻出了灌木丛，穿插在杂草间，向着太阳生长着。碧绿的叶子一顺儿地铺在杂草上，在一片枯黄中显得生机勃勃。

我跨过溪流，慢慢向它们走去。这才发觉，这些我曾喝过的、治好我眼睛的小黄菊，我竟没有好好看过它们。

秋日的暖阳照着它们，它们已经开得很饱满了，长长的椭圆形的花瓣依次排列着，淡淡的黄色清透而明亮，赋予了花瓣独有的灵动。中间花蕊的颜色要深些，组合起来有点儿像蜂巢，圆圆的，有些小孔。还有些花蕊长长的，像是蜗牛的触角，在微风中飘动着。

唯一来看他们的，就是那一只蝴蝶和几只蜜蜂吧，在花丛中停留嬉戏。我也和蝴蝶和蜜蜂一样，蹲下来，看看这开满山野的小黄菊，伸手去触碰它们的藤叶和花瓣。

想了想，我又收回了自己的手，没有去采摘它们。因为我知道，我的手上，我的心里，已经留下了它们淡淡的花香。

漫山红透火棘果

冬日的故里，放眼望去尽是萧瑟，山头的树木落了叶子，光秃秃的树干整齐地排着队，像是给山头添了几根不安分的发丝。

冬，就这样无情地褪去了青山绿裙，少了其他节气的艳丽色彩，每每走在乡间路上，总觉得有些单调。

好在天气好时，有一方暖阳，给闲散的步伐留了一丝温度，走的依旧是自家门前常走的河堤岸，算是无事时常见的消遣。

突然看到河水中映着一丝火红的影子，在单调的冬日里，这可不常见。一抬起头来，原来是一树火棘，立在河对面的峭壁上，身子半倾斜在空中，细小的火棘果挂满了树枝，连成惹眼的红色长裙，罩着阳光，映着河水，着实让人惊喜。

火棘在我们这算是很常见的，深林山梁上常有它的身影。我们这土话叫它救命粮，小时候母亲告诉我们，它能吃，在饥荒年代曾当作粮食，救过很多人的命，这便是它名字的由来了。

小时候我就吃过，和哥哥们去山上拾柴时，摘了不少，装满了衣兜儿。恍惚记得味道是涩涩的，绵绵的，后有点儿微甜，像是霜降后的山楂，只是比山楂小了太多，需要大把地往嘴里喂，才能满足贪吃的味蕾。

看着河对岸的满树火棘果，儿时的记忆不断重叠，那些满山飞跑的顽童在脑海中愈发清晰，只是满以为在深山中才能见到的救命粮，在自家门口就有，自己却不曾发现。

于是就想过去看看，绕了一大圈儿，来到了河对岸的山坡上，原来不止一株火棘，在乱石中，在灌木间，不隔多远，便是一簇。一簇簇，一丛丛，大小不一，形态各异，都着了红装，在这些萧条的植被中格外耀眼。

走近了看，在粗壮带刺的枝条上，只有少许绿叶，全是密密麻麻的红果儿，在枝条上左右对应，像是一串串未燃放的鞭炮。

火棘果的颗粒很饱满，椭圆形的红色身躯，涨得鼓鼓的，衬着细长的果蒂，显得很匀称。每一串火棘果都有四五颗，表皮在阳光的照耀下，仿佛是红色的玛瑙，晶莹剔透。微风拂过时，它们相互攒动，在枝头摇曳着，像挂在门口的灯笼，无比喜庆。

人们都喜欢喜庆的红色，尤其是在这新春之际。听闻南方有些地区，把这火棘培育成了盆栽，成了炙手可热的家庭景观，深受人们喜爱，价格也是不菲。

想来那盆栽里的火棘，定然没有这野外的救命粮生得茂盛，只是你呀，是否孤独了些？红透漫山，给冬添了别样的景致，却无人来赏，无人来尝。

我在枝头摘下几粒，用手搓了搓，放在嘴里嚼了嚼，还是涩涩的，绵绵的。原来呀，这火棘果倒像是一位故人，在这里存留着你本已忘却的记忆，待它漫山红透时，一一为你绽放。

冬日里的水仙花

办公室的老师们商量着一起种点儿花。我不喜欢种室内的花，这些小盆小花，总感觉它们过不了冬，养不到两三个月，严寒一到，再漂亮的花也就枯萎了，来年剩下几个空花盆子，还有一堆烂土，连放的地方都没有。

可是办公室的桌上没点儿花卉和绿植，确实是单调了些。老师们建议说，养点儿水仙吧，好养，不用土，倒点儿水就行，冬天里开花也很好看。

我是见过水仙的，前几年在朋友家里，水仙球就像是大蒜，朋友把好几个水仙球放在一个白瓷盘里，偶尔浇点水，有的时候，还把喝剩下的茶水倒进盘子里，就这样随意养，它们还能抽出绿苗来。

想想这还真是好养的花，于是便动了心，在网上买了几个水仙球，试着养养。等了几天，终于到了。于是按照包裹里的养花说明，操作起来。先撕开水仙球上的保护膜，再去掉上面的老皮，在水中加入了生根粉和营养液，再把水仙球一个个地放进盘子中。

一盘子像大蒜一样的水仙球，还真没什么独特的。过了一周多，也没见它发芽，光秃秃的水仙球，放在办公桌上也不美观，我把它放在桌下的一个角落里，很长时间没有管它。

有一天，我在桌底下找东西，猛地一瞥，才发现这些水仙球已经抽出三四厘米长的绿条了。我赶紧把它们拿了出来，把盘子里的水换成了新鲜的清水，再加了几滴营养液，放在了办公桌前靠窗的位置。

窗前有时候有细碎的阳光洒进来，它们的绿条长得更快了，慢慢变成一丛。叶条细且修长，有的甚至垂了下来，一根根朝着不同的方向，流动着碧绿。这绿总是带着一丝丝生气和灵动，尤其是在万木萧瑟的冬天，更加养眼，更加惹人喜欢。

于是，我在这盆水仙花下，摆了一个竹席，放了一把茶壶和几盏茶杯，又放了一本自己喜欢的散文书和一个书签。窗外有雪的时候，映着雪，看看书，喝喝茶，望着眼前水仙花给的一丛碧绿，心似乎也变得宁静。

天晴了，雪化了，外面有阳光照进来，透过水仙花的叶隙，又把碧绿的叶影印在书的扉页上，好像书上的字也飘动起来，慢慢走进心里。

又过了一段时间，在碧绿的叶丛中，又长出几个花茎，开了几朵水仙花，花朵小小的，外面的花瓣是白色的，里面又是一层橙黄色的，这小花开得倒也讲究，像是少女穿在身上的裙，颜色高雅，洁净，又不失活泼。

学校放假的时候，我怕这盆水仙花冻着，把它搬回到家里。可是我们这的冬天还是寒冷了些，有些叶条被冻蔫了，本就不多的花朵，开了几天就掉了。

有一次，我把它搬到外面晒太阳，被大风吹了，折断了不少叶条，像是蓬乱的头发。我心痛且内疚着，多好的花，我还是没有养好它。折断的叶条只好剪掉，剩下的一些最后还是枯萎了，变成了黄色，只能都剪了去，留下一些水仙球，等着来年看能不能发芽。

可是，它那一丛碧绿啊，一直留在我的心里，曾让我在这个冬天里，如此期盼，如此欣喜，如此难以忘怀……

开在心田里的花

一

我喜欢关注极小的事物。刚钻出地面的嫩叶，草丛里不知名的野花，树枝上层层包裹的花苞，斑驳炸裂的墙面，以及透过玻璃的模糊镜像，还有天空中飘散的丝缕白云。

我喜欢去感受身边的声音。当眼睛轻眯时，我看着微风吹动远处的树梢，近处的电线轻微地摇晃，似乎能听到风声慢慢从我耳畔走过。我喜欢站在堤岸边发呆，看着溪水从上方缓缓流下，击打着河石叮咚作响，泛起阵阵水花。

我还惊喜于山间听到的声声鸟鸣，惊喜于夜晚听到的虫声阵阵……

我在心里独享过很多平常而又深刻的景象，给过我很多次奇妙的遐想，这些遐想有的留在我心坎的隙罅里，有的落在心底，又隐去了，再也想不起来。

二

我习惯躺在窗边睡觉。睁眼是景，闭眼是梦。等世间的声音都消散后，心底的那个声音才会冒出来，与记忆对话，与自己对话。

此时的心，会变成一个小偷，偷出自己藏在心底多年的隐秘，再放进脑海里，播放，暂停，变成电影。之后，睡意渐渐散了，闭上眼睛，好像又能看到更加广阔的世界，踏上心的旅程，策马驰骋……

我不善于说话，我庆幸于自己能写点儿文字。人的感官世界和内心世界该是多么丰富啊，如果不去表达，不去记录，该多可惜啊！

在脑海中呼啸而过的词句，时明时暗的情景，闪烁定格的人像，都是一篇文章的火种。但想要让火种燃发起来，一定要把它们拽出来，落在纸面上。

当把虚拟的东西变为现实，不管用哪种表达方式，都是有一定难度的，需要静坐，推敲，斟酌，修订……需要心的修炼。

三

你一定觉得我是一个清闲的人，可能是闲得无聊了，才会去看，去听，去想，去写。但我却常常被琐事缠身，甚至生活过得有点儿糊涂。

生活是一片沼泽地，我们都走在沼泽地里，一不小心就陷下去了，在懒惰和拖沓中，时间一晃而过，我们也常常一无所获。

所以，我也会想，如果什么也不做，也不理会生活，观山看月，听雨赏花，那一定会很好。我一定能多写些，写得要好一些。

其实，也并非如此。再脱俗的文字，也离不开生活，脱离了生活的文字，是寡淡的，无味，亦无趣。

去经历生活中的琐事，游走在生活这片沼泽地里，不要深陷。在琐事中抽腾出的时间，才会让我们觉得无比珍贵。

我想，面对生活，我们要把心当作一片田，在这片田里，你种下什么，就会收获什么。种下诗意，收获宁静；种下淡然，收获从容；种下足迹，收获远方；种下阳光，收获幸福；种下文字，收获故事……

而我，在心田里种下了一朵叫文字的花，浅淡的，绚丽的，都在四季这条小路上，曲径通幽，草木渐深。

后记

亲爱的《故里有灯》：

你好！

在我写这篇后记的时候，我想可能要和你见面了。从在脑海中形成你的雏形开始，已经有五年多的时间了。在这五年里，我想过很多事，做过很多事，但大部分还是想的占多数，做的太少。庆幸的是，能看到你的样子慢慢变得清晰，我特别欣慰，在这五年里，我还是有所收获的。

你知道的，这本书我是写给我的家乡的。这些年里，我生活在故乡里，常常做着关于故乡的梦，深刻，清晰，如同时光电影，底片已经映在我的脑海，反复播映，永不落幕。

于是，你的身体里就承载着我故乡里的风景、味道、记忆和花事，并且和你慢慢融合在一起。在你的身体里，虽然都是一些短小的文章，但我把这些文字看成你的细胞，慢慢构成你的血液，再丰富你的肢体和皮肤……剩下的就留给时光进行淘洗吧，我想时光一定会赋予你更好的底色。

在塑造你的过程中，并非是一帆风顺的。我很愚笨，没有文思泉涌，也没有妙笔生花，只有老老实实地写，慢慢琢磨，慢慢修改。写了一点儿，感觉不好，再删，再写，再来。我常常坐在电脑前，望着白色的空白文档发呆，我迷茫，我困惑，我在一片广阔的森林里，寻找你的方向。

白天上课累了，我就先躺会儿，在夜晚醒来，在所有人都睡了以后，继续写着。我知道，我每写完一句话，每写完一篇，你就离我更近一些。除了写，我也常常望向窗外，故乡的夜像是蜂巢，在各个角落里闪烁的灯，像是夜酿出的蜂蜜，橙黄，发着淡淡的光。

每次看到窗外那一盏盏亮着的灯，我就特别安心，我感觉故乡会是那样一盏明亮的灯，穿透了黑夜的封闭，游走在记忆的褶皱里，带着我在迷蒙的丛林中，找到你。所以，你的名字里有了灯，我的故乡也有了灯。

跟你说一件很好笑的事，昨晚我梦见你了，你安安静静地立在书架上，一本本整齐地排着，清新的封面，精细的排版，大小合适，拿在手里刚刚好。你看，我总是这样对你满怀期望，期望你很精致，期望你很耐读，期望你也能早点儿来到我身边。

我知道这些事都是不能急的，没事，我愿意等。还记得我的第一本书吗？它叫《路过你的旅程》，里面的文稿都是在大学里写的，带着青涩，带着青春里的时光，一往无前。因为走得太快，所以那本书有很多缺点，就像是我们青春里本该有的不完整、不完美，会永远留在我们的记忆里，让我们不断遗憾、不断记起。

那段旅程我已经走过了，现在这段旅程，我学会了慢一些，再慢一些，我知道你需要不断地雕琢，才能成为我们想看到的样子。想到这里，我又不着急了，我知道我一定会等到你，不管还需要多长时间。

我常常在废旧的稿纸上写你的名字，写不好，就再写一遍，写完后，我轻轻地念着，在心里默默地想着，然后又悄悄地夹在厚厚的书里，害怕别人会看见。我知道的，现在还没到别人看你的时候。

我还没有想过，你出来以后，会不会有人喜欢看你、读你，会不会在你身上，看到他们故乡的模样。毕竟在你身上留下的，都是关于我生活中的一些小事，这些浅淡的记忆，没有华丽的辞藻，也没有轰轰烈烈……唉，我又想多了，这些都不是我能够控制的事，想得再多也无济于事，留给时光就好。

好了，不说了，我还要看看你前面的内容，看看还有没有我没想到的、没写到的地方。希望见到你时，会是一个好天气，微风轻拂，阳光正好，我一定会捧着你的脸颊，笑着对你说：你来啦，真好！我已经等你很久了……

你的同路人：姚永涛

2021 年 5 月 11 日